촌댁 일기

촌댁 일기

초판 1쇄 인쇄 2021년 3월 25일
초판 1쇄 발행 2021년 4월 1일
 ‒

지은이 유은영
펴낸이 이방원
편 집 정우경·김명희·안효희·정조연·송원빈·최선희·조상희
디자인 박혜옥·손경화·양혜진   **영 업** 최성수
 ‒

펴낸곳 세창미디어
　　　신고번호 제312-2013-000002호 **주소** 03736 서울특별시 서대문구 경기대로 58 경기빌딩 602호
　　　전화 02-723-8660 **팩스** 02-720-4579 **이메일** edit@sechangpub.co.kr **홈페이지** http://www.sechangpub.co.kr
　　　블로그 blog.naver.com/scpc1992 **페이스북** fb.me/Sechangofficial **인스타그램** @sechang_official
 ‒

ISBN 978-89-5586-655-1 03810

ⓒ 유은영, 2021

촌댁 일기

유은영 시집

나는
어떤 이의 오랜 외로움이
고독의 길을 선택하지 않기를 바란다
나는
어떤 이를 사랑하고 싶은 준비를 하고 기다린다

세창미디어
MEDIA

소극적이고 내성적이던 어린 시절, 말을 잘하는 사람, 글을 잘 쓰는 사람이 되고 싶었던 나는 자라면서 여러 번 모양과 생각이 달라져 가면서 그저 꼭대기, 꼭대기로만 올라 눈부신 조명과 갈채를 받는 사람이 되고 싶었다. 잘 짜인 시간 궤도에 따라 신분이나 역할이 달라지는 친구들을 보면 낭만이나 감성도 없어 보였다.

내 나이 서른 중반을 넘어서며 여태 지녔던 성씨도 반납하고 말이나 글도 새로 익혀야 하는, 게다가 낭만이나 감성보다는 현실이나 역할에 대한 직관을 해야 하는 결혼과 이민이라는 새로운 환경을 만났다.

내가 갈망하던 조명이나 갈채 역시 미련 없이 반납하고 나를 '아내'라고 '엄마'라고 부르는 이 세상 딱 세 남자의 가슴에 영원히 함께하는 사람이 되고 싶다. 내 나이 예순에 들어서 시간이 넉넉히 남아 있지는 않지만 세월이 많이 흘러도 자꾸만 생각나는 사람이 되고 싶다.

그런 새로운 장래 희망이 생겼다.

그리고 또 하나, 꿈과 재능이 반짝이던 사랑하는 내 동생이 너무 일찍 우리 곁을 떠났다. 동생의 시가 새로 부활할 수 있기를 바라며 몇 편 보탤 수 있어 정말 감사하다.

내 속에 품고 있던 옹알이를 꺼내 준 남편의 선물,
고맙다.
델라웨어 촌댁으로 살아온 25년 세월.

2021. 3.

유 은 영

차례

2

그대에게

3

Daniel Story

4

Edward Story

5

To. Dan. & Ed.

6

엄마 생각

10

시인 강지영 — 강지영 작(作)

1

촌대 일기

이민 가족

심지도 않았고
가꾸지도 않은
거두어 본 적도 없는
호박넝쿨이
정말 꿋꿋하게 뻗어 나간다
기특하다
제가 있을 자리도 아닌데
제 동무들이 모여 있는 자리도 아닌데
한목소리 하며 잘 버티고

제 살던 곳을 떠나 지구 반 바퀴를 돌아
둥지를 튼 내 동네 친구들
화이팅

외로워하거나
수줍어할 새 없이
만나 먹고 얘기하고 웃고 떠들고 노래합시다

선인장

선인장 가시에 찔려 보셨나요?
너무 따갑고
가시가
꼭 어디에 박혔는지도 잘 보이지 않아요
돋보기로 살펴서 잘 떼어 냈나 싶으면
금세 새로운 자리에 옮겨 박혀서 처음보다
더 난감하고 더 따가워요
가만히
흐르는 물에
시간에
맡기고 있어야 해요

선인장은 제 몸에 붙은 가시가
남을 아프게 한다는 것을 모를 거예요. 아마…
선인장은 그 몸에 가시란 것이 있어
굳이 공격적이지 않아도
우리가 들이대면 따갑다는 것을
기억하는 수밖에요

사랑하는 이에게
꽃이 되고 싶다는 이도 있던데
내 몸에 붙어 있는 가시가
내 사랑하는 이에게
번번이
따갑고 오래 견뎌야 하는
선인장 가시는 아닌지 모르겠어요

우리는 모두
사랑하는 이에게
꽃으로 기억되고 싶은
선인장 아닐까요?
그래서
아픈 만큼 성숙한다고 했을까아?

New year를 시작하며

작년에 활짝 피고 진 꽃들이
새날 새 빛과 새 물을 만나
작년의 그 꽃과 똑같은 향기와 빛깔을 내는
꽃을 피운다고 해서
우리는 그 꽃을 일 년 전의 그 꽃이라고 하지 않는다
혹서에 혹한에 강풍에 뜯겼을 꽃잎이 있었을지라도
대지와 공기는 그 꽃의 향기와 빛깔을 선명하게 기억한다
기운 내자
움 틔우고 꽃잎을 낼 시간이 온다
매일은 새로운 날이지
묵혀 가는 어제의 이어 붙은 끝자락만의 의미는 아니다

바람이 많이 부네요

갑자기 부는 바람이 곱게 빗어 잘 단장한 가르마와 매무새를 흩어 놓
더니 어느 이에겐 바람결에 달콤한 꽃향기를 선물하기도 하죠

내 흩어진 옷자락 사이론 매운 바람이 흔적도 없이 걷어차도 내빼 버
리고 어느 이의 품 안에선 오래도록 훈풍이 되어 함께 속삭이지요

그 바람은 나름대로 이치와 구름 따라 기압 따라 흘러왔는데

그 바람을 맞이하는 우리는 제각각 형편이 달라지기도 하죠

바람은 한순간도 내게 머물지 않고 떠났다간 돌아오고 하죠

벌써 치고 달아난 바람 덕분에 우린 오래도록 아프고 슬퍼하고

때로는 잠깐 유희를 안겨 준 바람 때문에 마냥 그 바람과 함께하고 있
는 것처럼 황홀해하죠

지금도 그 바람은 떠났을 거예요

바람은 누구의 것도 아니고 그 바람 역시도 나를 알지 못하죠

대접받으려면

집 안에서 대접받아야
집 밖에서도 대접받는다고
굳이 잔 받침을 해서 차를 내주던
조교실 친구 생각이 난다
어디에서나 대접받고 살아라 하는 마음은
충분히 대접받아 마땅하다
곱게 살기를 바라는 마음은
험한 비바람을 막아 줄 수는 없어도
비바람 찾아 방황하지 말라는 간곡한 마음일 게다
그러나
우리네 세상천지가 그렇게 순진하던가 어디!
그래도 찻잔 받침 받쳐 주던 친구의 우정 덕분인가
아직은 심히 홀대받고 거친 비바람을 맞서고 살진 않았다
날이 저물어 가는 오후 서너 시 같은 이 가을 오후
세상엔 새사람을 올려 앉혀 놓고 미친 듯이 환호하거나
망연자실이다
또 동쪽 끝자락에 있는 나라에선
차분하고도 순결할 것 같았던 그의 구린 뒤태에

악악 소리친다
그들 모두가 세상에서 대접받고 곱게 살고자 했을 텐데…
심히 나댄 탓인가

내 친구
대접받으며 곱게 살기를 소망해 준 내 친구
나 나대지 않았더니
이렇게 대접할 여유도 있고 그악을 부리지 않아도
잘 산다

손거울 하나

거울이 없는 세월을 사는 것 같다
나를 요모조모 따져 볼 새 없이
바람도 막고 비도 가리고
내 모양은 어찌 되는지도 모르고
그런 세월을 사는 것 같다
유난히 희생적이어서도 아니고
유난히 각박해서도 아니고
오십 중반을 넘기니
그리 살아지는 것 같다

쬐끄만 손거울 하나
장만할까 보다

맨발

고단한 하루
편안한 휴식을 주고 싶었다
수고한 하루
꽃길만 가게 하고 싶었지만
가시밭길도
진창길도
오솔길도
마다 않고 열심히 걸어 온…!
늘 무게를 지탱해야 했던 너
오늘은 좀 높게 걸쳐 놓고
마음껏 나른해도
괜 찮 다

곰익은 첫눈

첫눈이 이래도 되는 겁니까?
12월 8일 늦장 부려 찾아온 첫눈이
지각대장 호들갑스럽게 등장하는 것처럼
이렇게 건방져도 되는 겁니까?
나이배기 첫눈이라 곰익어 그런 걸까요?
낮부터 밤까지 담날까지
펄펄펄
하얀 차도 까만 차도 녹색 차도
목화솜 이불 덮어 놓은 것처럼
따뜻해 보였습니다
차가운 눈도 쌓이고 쌓이면
참
포근해 그 안에 담기고 싶어집니다

늦되는 인생길도 곰익어 펑펑
쌓여지다 보면
곁엔 따뜻한 훈기가 남을까요?

두껍아, 두껍아

바닷가에서
두드리고 두드리고 손등 위로
정성껏 쌓아 올리던 모래성이 맥없이 주저앉아 버리면
물먹은 모래를 끌어모으던 처음보다 더 흐트러져 보여서
울고 싶어 주저앉아 버리는 마음

그리고 또

바닷가에서
두드리고 두드리고 손등 위로
맥없이 주저앉아 버린 모래성은 전설처럼 아득해지고
물먹은 모래를 또 모으고 또 모으고 처음처럼 마음을 쏟는다

새롭게 밀려오는 파도가
아까 것과 꼭 닮았어도 힘을 다해 막아 보고 지켜 내려고

또다시 무너지고 주저앉은 자리엔
웬걸

난생 처음 보는 조가비가
수없이 흩트리고 무너뜨리던 파도 한 자락에 업혀 왔다는 걸
그제서야 깨닫는다

그리해 주려고 굳이 그리하지는 않았겠지만
파도야
너 떠난 자리가 이렇더라

또
두드리고 두드리고 손등 위로
…

묵은 청소

이래 놓치고 저래 놓치고
하루 미루고 이틀 눈 감고 사흘 꾀 나서
밀쳐놓았던 큰 숙제를 했다
가스레인지에 눌러붙은 기름때를 긁어내느라…
이제부터는 절대로 찌개 국물 넘치지 않게 불 조절도 잘해야지
국수 삶을 땐 지켜 서서 순식간에 우르르 끓어 넘치게도 말아야지
기름 두른 프라이팬 앞에선 부주의하게 물방울 튀지 않게 해야지
매번 그러면서도
불 조절도 못 하고 지켜 서서 기다리지도 않고 산만하기만 했다
내 마음속에도 불 조절하지 못해 끓어 넘친 얼룩
지켜 서서 봐 주지 않아 흘린 얼룩
부주의해서 온통 흩트려 번지게 만든 얼룩이 얼마나 많은지
…
참 내
어찌할까

다이아몬드 메달

시력이 2.0 1.5 1.2

참 좋은 시력을 당연한 거라고 생각했다

이젠 돋보기 없으면 뭘 하나 똑똑하게 읽을 수가 없다

참 답답하다

언제부터인가

자꾸만 왼쪽 눈이 사시가 된다

시력 차이도 커졌다

한쪽 눈이 함께 보아 주고 읽어 주는 일을 하지 않는 것 같다

똑같은 것이 두 개로도 보이는 것 같고

원근감도 많이 떨어졌다

운전하기가 좀 겁이 난다

나 사는 시골 동네 밤 운전은 더더욱!

그런데

세상이 그렇게 두 개로도 보이고 이리저리 흔들려 보이기도 하는 게 세상을 살피는 내 렌즈 탓만 있을까!

왜 그냥 생긴 대로 보면 절대로 읽어지지 않는 세상이 되었을까?

세상이 많이 늙어서 사시처럼 두 개처럼 되기도 했다가 가만히 있지 않고 이리로 저리로 불안하게 흔들리기도 하는 건가

장애를 가진 선수가 그 장애를 커버해 줄 수 있는 선수와 짝이 되어 스키를 타고 내려온다

　앞에 선 선수는 자기 소리를 듣고 코스를 미끄러져 내려오는 짝 선수의 눈이 되어 준다

　박수 쳐 주고 싶다

　왜 성적을 매겨야 하나요?

　그들은 모두 영롱한 다이아몬드 메달감인데…

　밝은 눈이 되어

　환한 눈을 타고 내려온다

　그 둘은 똑같이 눈에 묻혀 눈으로 나눈다

연육소

고기를 연하고 부드럽고 맛있게 재우려고
키위를 사용해 낭패 본 일이 있다
파도 송송 다져서 입맛 돋게
제법 고기 재운 모양이 고급스러워
석쇠에 얹었는데 죄다 부서지고 풀어져 버렸다
고기 양념을 한 지가 몇 해인데 이런 낭패를…
어찌할까 참 당황스러웠다
이후로는 키위를 절대 사용하지 않았다

그리고
수제 버거를 만드는 어느 장인의 얘기를 들었다
드문드문 기억나는 것 중의 하나는
그는 파인애플을 사용한다 했다
별로 귀가 솔깃해지지 않았다
키위거나 파인애플이거나… 이러니 하고
그런데
그는 파인애플을 오븐에 익혀서 사용하라고 강조했다
귀가 번뜩했다

그래
무언가를 부드럽게 하기 위해
날것이 아니라
제 몸이 우선 익어지고 봐야 할 일

맞다
제 스스로 변화되려고 하지 않는 무언가를 변화시키기가
어디 쉬운 일일까
내 모습 그대로 대들어 너만 바뀌라 하면…
나라도 안 바뀌지 싶다

우리는 모두가
용량과 재질이 다른
세상에 하나밖에 없는
각각의 그릇들이다
내 용량과 재질과 모양으로
짐작하지 말아야지
설득되도록 내가 먼저 부드러워져야지

친구가 된 하늘

감히
하늘을 내 눈높이로 바라본다
바닷가 모래밭에 누워 보니
하늘이 가깝다
고개를 쳐들고서 우러러보던
내가 알던 하늘과는 또 좀 다르게
편안하고 내 것처럼 느껴졌다
네 활개를 아무렇게나 널브러뜨리고
편안하게 마주한 하늘
마주 바라보는 하늘
바로 내 콧등 위에서도 눈꺼풀 위에서도
위로 치켜세우지 않고도
아래로 굽어살피지 않고도
친구처럼 마주 바라보았다
하늘이 내 앞에 있었다
나를 바라보며…

후한 credit

미리 당겨쓰고 빌려 쓰고 갚지 못하게 되더라도
넉넉히 쓰고 볼 일이다
나중에라도 혹은 잠깐 후에라도 쓸 수 없게 되면
무척 아쉽고 미련이 남을 일이다
오늘 것만 말고 내일 것도 미리 당겨쓰자

"사랑하는 마음"

사랑할 수 없게 될 때를 위해 사랑할 수 있는 지금
사랑스럽지 않게 될 때를 위해 사랑스러운 지금
푸짐하게 당겨쓰고 되갚을 걱정 없이 빌려 쓰도록 하자

시계가 누웠다

시계가 누웠다
시계를 눕혔다
멀쩡하게 변덕 부리지 않고 잘 가던 시계가 섰다
해 볼 수 있는 짓은 다 해 봐도
굳힌 마음을 되돌리지 않고 그냥 멈춰 섰다
요 지 부 동
아무도 시비도 안 걸고 그냥 내처 그 자리에 걸어 두었던
벽시계가 섰다
별 꼴 이 다
지가 일 안 한다고 내가 시간을 모를 일도 아닌데
쟤가 왜 섰을까 괜히 궁금해졌다
?
아… 시간도 쉬고 싶을 때가 있는 건가 보다 하고
아예 뉘어 놨더니 왠지 마음이 좀 편안하다
가고 가던 어느 대목 어느 고갯마루가
그리 가파르게 느껴졌을까

멀쩡히 하던 짓이 공연히 괜한 짓을 하나 싶을 때가 있다

느닷없이 얼굴이 화끈거리며 무안할 때가 있다
아무 생각 없이 다 놓고 누워 버리고 싶을 때가 있다

고맙다, 왼손!

오랫동안 오른팔 어깨가 많이 아팠다
뭔가 스프레이를 뿌리면
얼어 버리는 것처럼 어리어리해져서
감각이 둔해질 때
커어어다란 주삿바늘이 어깨 어딘가에 꽂히면
주사기를 쥔 의사에게 반항 한마디 못 하고 꼼짝없이
턱이 덜덜덜 떨리며 이가 다다다닥 부딪히게 아픈
주사약이 흘러 들어가는 게 느껴진다
끝났다고 하는데도 앙다문 채인데도 더더더덕 떨리는
이 사이로 터져 나오는 소리는
탄력을 받아 그쳐지지를 않는다
오른손잡이라 오른팔이 많이 아팠나 보다…
했었다
그 후로 오른 어깨는 뱅글뱅글 돌려도 괜찮고
오른팔을 머리 뒤로 돌려 베고 모래밭에 누워도 괜찮았다
대단히 아픈 주사였지만 어깨는 살려 놨다
그리고 한두 해가 지나고부터는
슬슬 왼쪽 어깨가 오른쪽 어깨 흉내를 내며

뱅글뱅글 돌리기도 불편하고
더더군다나 왼팔을 베고 벌렁 누워 하늘을 볼 수는 없어졌다
어깨가 살아날 주사, 그 고약한 성질을 생생하게 알고 있는 터라
버티자 버티자 했었다
지가 왼팔인데 오른팔만큼이야 쓸 일도 많지 않은데…
했었다
그러나 중년 넘겨 노년에 가면서 더 힘들어지면 안 되지 싶어
턱이 덜덜덜 떨리는 그 주사를 맞아야지 결심하고
맞았다
허허 별일이지… 그만큼 아프지 않았다
효과 없는 거 아냐 싶어 실망스러웠다
그랬는데
뱅뱅 돌리기도 하고 양팔로 베개 삼아 벌렁 누워
하늘 구름도 보게 됐다
그래도 당분간은 왼팔은 일을 시키지 말라길래
지가 해야 뭘 얼마나 한다고 왼팔 주제에… 했다
아니었다
차를 운전하려 해도 오른손 네 손가락으로 차 문 열고 할 때
왼쪽 어깨엔 묵직한 가방이 걸터앉아 있었다
목적지에 도착해 내리자 해도 왼팔로는 묵직한 차 문을 밀어 열고
또 그 어깨에 묵직한 가방을 걸터앉혀 놨다
오른 손가락이 라디오 끄고 시동 끄는 사이에!
저녁 설거지를 하려고 수세미를 돌리고 돌리고

오른손이 분주할 때 왼손은 접시 냄비 프라이팬
다 들고 엎고 요리조리 오른손이 하는 일을 돕고 있었다
아,
힘들 만했구나
이제 알게 돼서 미안했다
내가 앞장서 설쳐 댈 때 나를 위해 왼손 역할을 했던
그 많은 도움들을 몰랐던 게 미안했다
나는 오른손잡이!
표 안 나게 수고하는 나의 왼손 고맙소!

오른손이 하는 일을 왼손이 모르게 해야지!
결심했다
맘 씀씀이 바쁜 왼손 고단할까 봐

마감 준비

마감 시간이 다 되어 오나 보다
예상하지 못하는 마감 시간은 어떻게 정해지는 걸까
일생 제 몸 관리해 온 자신에게 달린 걸까
옛날 할아버지 할머니 말씀처럼 하늘의 뜻인 걸까
방정맞게 마음이 먼저 준비할 필요도 없을 건데
마음은 자꾸 다지라 한다
떠나면서 돌아서고 외면하면
그때부터 마음은 다지게 될 텐데도
촐싹대는 마음은 자꾸만
당연한 것으로 받아들이라 한다
이렇게 어려운 일이 어떻게
으레 그리되는 것이려니 여기게 될 수 있단 말인가

마감 시간이 다 되어 오나 보다
뒤에서 떠밀지도 않는데
앞에서 당기지도 않는데
그저 한없이 사그라지기만 할 뿐인데
그 시간이 거기에 있지 않고 달려오고 있는가 보다

우정~ 부러~ 모르는 체
눈 질끈 감고 준비하지 않을 거다
그렇게 하는 것이
멀리서 할 수 있는
최선의 마감 준비인 것 같다

아직 아니야!

화석 이야기

오래고 오랜 세월이 지나
퇴적층이고 단층이고…
고스란히 흔적을 드러내는

우리 맘에도
꼭 박혀 있는 기억이 있다
화석 같은!
지워 낼 수 없는!
어떤 것은 추억으로
어떤 것은 후회로
어떤 것은 사랑으로
어떤 것은 미움으로

오십 후반을 살면서도
지우고 싶은 화석 같은 기억이 있다면
나날이 얼마나 더 깊고 선명하게 남을
기억의 화석을 갖게 될까?

마음이 무르고 연한 탓이겠지!
후회나 미움의 화석을 만들지 않기 위해
좀 커야겠다
좀 넓어져야겠다
좀 깊어져야겠다

하아~

엄마는 그런 거구나

오늘도 또 느낀다
엄마는 그런 거구나

누렁이 집 둘레에 들쑥이 자라 싸리 빗자루로 써도 될 만치
훌쩍 자란 쑥대를
쓱쓱 베어 바람이 잘 통하는 그늘에 가지런히 잘 말려 두었다
더위가 극성을 부리는 한여름 밤에 모깃불로
잘 써먹을 수 있으려니 생각을 했다
우산이나 꽂아 두면 안성맞춤이겠다 싶어
현관문 구석에 세워 두었던 오래된 닭 모이통에
습기 안 먹는 쌀봉지에 돌돌 말아 놓은
마른 쑥대를 잘 박아 두었다

얼마 전부터 유독 재재거리는 쬐끄만 새가
들락날락 오도방정이다 싶었는데…
걔는 걔대로 심산이 있어 그리 분주했던 거였다
내가 뽀송하니 말려 둔 쑥대를 살살살 펼치고
둥지를 틀어 알을 낳았다

오마나… 이를 어째…
수시로 드나드는 문 앞이라 잘 품고 있다가도
화들짝 놀라 날아가고 날아가고 안타깝고 성가셔
이를 어쩔까 싶었는데…
하루는 궁금해 살짝 들여다보는데 꼼짝 않고
날 잡아 잡수… 하고 있었다
이젠 아주 제집이려니 겁도 내지 않네… 했다
그랬더니
새끼가 알을 깠다
도대체 며칠을 품어서 나온 걸까
박씨 물어다 준 강남 갔다 돌아온 제비는 아니어도
고맙고 반가웠다
그동안 참 노심초사했을 새가슴을 생각하니 짠했다
그러고도 연일 요깃거리를 물어 나르느라
땀 꽤나 나게 생겼다
그러곤 신기하고 궁금해서 기웃대는 인간을 향해
새끼를 보호하는 엄마의 기세는 대단했다
사실은 내가 만들어 놓은 쑥대에서 몸을 풀었으면서도…

노안이 와서 잘 보이지 않아
세상 깝깝하고 짜증나는 일도 많아지지만
흰머리가 늘면서 보이지 않던
구석구석이 자꾸 눈에 띈다

빈방

인사도 없이 떠나 버렸다

좁아터진 둥지 안에서 오금이 저릴 만큼
다리 한번 길게 뻗어 보지 못했을 텐데
날갯짓은커녕 걸음마 한번 못 해 봤을 텐데
부스스하고 엉성한 깃털이
아직 마르지도 않아 보이던데
…
다 떠나 버렸다

빈 둥지엔 늦둥인지 깨나지 못한 알인지
한 개가 달랑 남아 있다
자꾸만 엿보니 언짢았을까?
벌써 제 앞가림을 할 수 있을 만치 된 걸까?
날개 달린 새이니 붙잡을 수는 없다 했지만
빈 둥지를 보니
…
한여름인데도 서늘하다

내 마음이 자꾸만 무언가를 옭아매려고 하는 건가?
기숙사로 보내고 일주일 만에 집에 온 아들
칠 년 만에 만난 것 같더니…
다음 주 수요일엔 깃털 빗질 잘 하고 한번 들러 줄라나!

내일은 또 어떤

개운한 아침이 언제였던가… 가물하다
엊저녁 밥숟갈을 문 채로 잠이 들고 또 깨고 한 것처럼
텁텁하기도 하고 푸석하기도 하고
밤새 모은 걸 고스란히 쏟아붓고 나서
작정하지도 않은 상태에서
어름어름 거울 앞에서 밤 내내 담은 얼굴을 보면
눈꺼풀은 두둑하고
얼굴 거죽은 또 처져 있는 듯하다
그러니 개운할 수가 없을밖에
손가락 마디마디는 쿡쿡 쑤셔대고
밤새 뭔 힘을 그리 썼을까
손은 잘 부풀은 반죽처럼 부어 있다
뻑뻑하기가 이루 말할 수 없다

놀란 토끼 같다고 했던 눈이
어느새 두툼해지고 처져 버린 눈꺼풀로
반쯤은 덮여서 평이해졌다
그래

나이 들어 가며
모든 현상이 경이롭거나 낯설어서
매일 놀란 토끼 같기만 하면
어디 피곤하고 지쳐 살 수 있을까
그래 잘 내려앉았다
좀 느긋하게 그러려니 그런가 보다 하고
봐주기라도 해야 할 경우가 좀 많은가 어디
가까이 들여다보면 점점 더 희미해지고
멀찍이 놓고 봐야 읽어 낼 수 있는 것도
세월이 주는 또 다른 연륜 같은 것이 아닌가 싶다
자꾸 따져 보고 헤쳐 보고 꼼꼼히 살펴보기만 했더니
나도
그리 쪼개 본 사람들 시선에서
마음 거리가 멀어져 가지 않았을까
멀찍이 놓고 보면
상황과 배경까지도 함께 읽혀지니
다듬어 침봉에 꽂은 꽃꽂이 같지 않고
큰 항아리에 수더분하게 들어앉은 가을 꽃다발 같을 거다
나이 들어 가는 건
참 새로운 게 많아진다
내일은 또 어떤…?

그래, 모르긴 해도 그랬을 거다

살면서 몇 번이나 용서를 구하신 적이 있으신가요?

얼마나 자주 용서를 구하시나요?

참 생뚱맞다 싶은 질문을 듣고… 갸우뚱하며 뭘 그리 얌통머리 없이 굴며 살진 않았다 싶은데… 용서를 베풀었다면 모를까 용서 구하고 받을 짓 따위는 별로 뚜렷이 기억에 있지 않았다

속생각이 얼굴에 나타나는가… 이내, 그럼 용서를 구해 보신 적이 정말 없으신가요? 얼마나 불안정하고 불완전한 오류투성이인데 과연 용서받을 실수나 잘못을 안 했던 걸까요?

아니지 그건 결코 아니지

용서를 받고자 구하기도 전에 나도 모르는 사이에 알게 모르게 많은 용서를 해 주었기 때문이었을 거라고 한다

아마 모르긴 몰라도 그래 그런 일들이 있었을 거다

빚지고는 못 산다고 하는 사람들이 참 많다

용서받고만은 정말 못 살 것 같다

익숙하던 일을 멈추고 나면

오래전의 일이다
나는 띄어 읽기를 기술적으로 하고
높낮이와 강약의 조절로
한 번도 살아 본 적이 없는 시간과 장면
그리고 인물을 그려 내는 일을 했다
참 재미있었다
당시에 나는 어제보다는 오늘 더 잘 읽게 되었다
더 또렷한 그림을 그릴 수 있게 되었다
한 십 년쯤 그 일을 했다
그리고
한 이십여 년이 흘렀다
뭔가를 읽는다는 게 어색해서…라고 말하는 선배가
그저 툭,
가끔은 읽고 싶어
너도 해 봐
하는 말에 아, 나도 읽던 때가 있었지 싶어서
어색하다는 느낌조차 갖지 않았었던
읽는 일을 더듬어 보았다

읽어지지 않았다
왜인 걸까?
삼십여 년 전엔 어떻게 소리를 냈던 거지?
머릿속이 하얗다

나는
대부분의 하루
주안상을 포함한 세끼 식사 준비를 한다
늘 푸짐하고 맛깔나게 정성 들여 차려 내지는 않아도
어느 날보다는 또 다른 어느 날이 더 입맛 나게 차리기도 한다
한 번도 먹어 본 적 없는 반찬을
고춧가루 소금 간장 마늘 따위를 요리조리 섞어
상 위에 겁 없이 올려놓는 일을 한다

엄마의 음식이 제일 맛이 있었다는 생각에
구십 노인네가 되신 엄마가
주방 일을 낯설어하고
나 그거 몰라… 하고 말씀하실 때
뭔 말씀이야… 했던 생각이 났다
그때 우리 엄마 머릿속도 하얘지셨을까?
몰랐다
그런 마음이셨을 텐데
나는 몰랐다

내가 손에서 주방 일을 내려놓을 때는
아직도 한참 남았지만
이십여 년 늘 해 오던 익숙해서 간간이 싫증도 나는
이 일이 깜깜해질 때
읽는 일이 안 되는 지금보다 훨씬 더
파랗게 질리게 될지도 모르겠다

가을 한담

한가하고 볕이 좋은 가을 오후다
그저 저어만치 올지 말지 하는 근심을 하느라
며칠을 보냈다

지난해 가을보다 국화밭이 시들하다
사이사이 빈 공간에 잡초가 빼곡하다
뜯어내자!
안 그래도 시들한 국화가 안쓰러워 작정하고
뽑아내고 뜯어내고…
카펫처럼 바닥을 뒤덮은 잡풀은
보는 것만으로도 언제 뜯어내나 싶었다
하도 쌩쌩해서
뿌리 자리를 잘 찾아 단번에 붙잡고 잘만 당겨 내면
뭉텅이가 뜯긴 자리에 시원한 바람이
훅~ 트이는 것 같다
후련하다
진작 좀 해 줄걸… 싶었다
그런데 복병은 따로 있었다

토끼풀

행운의 클로버라는 여리여리한 풀이

눈 어두우면 잘 찾지도 못할 것 같은

잔잔한 풀 뭉치가 잘 뽑히지를 않는다

잘 뜯어냈다 싶어도

뿌리 꼬랑댕이는 다 뽑혀 나오질 않는다

아, 그렇구나

살면서 가슴팍을 휘감고 뒤덮은

잡다한 근심의 뿌리는 결국 하나라는 걸 깨달았다

숨을 쉴 수 없을 것 같은

근심들 하나하나를 잡고 흔들어도

뿌리는 건드릴 수 없었지. 그래!

잘 찾아 단번에 붙잡고 당겨 내기만 하면

시원한 바람이 훅~ 불어올 테니

행운의 클로버라고 하는 토끼풀은

쉬이 뜯기기는 하지만 뿌리까지 잘 뽑히지는 않는다

그래. 역시 행운, 행복의 뿌리는

어떤 가혹한 시련이 온다 해도

쉬이 뱉어 내지 않는다는 거다

실없이 가을 오후를 보내며

잡풀들과의 잡담을 나눴다

10월

10월이 저만치 간다

수확을 마치고도 아름답다
아직 많이 남아 있는 열매들을
애타하지 않고 보낸다
잎이 나고 꽃이 피고 열매가 달리고
뙤약볕을 이겨 내며
때론 비바람을 견디며
빨갛게 익었다
그래도 찬바람 불면
예약된 그 시간을
다음 차례에 내주고
홀연히 사그라들 테지
욕심부리고 악다구니하며
애쓴 보람을 챙겨야 한다고도 안 할 테지
아직 할 일이 더 남아 있다고
엉덩이 뒤 빼고 모양 빠지는 짓은 안 할 테지

참 아름답다

미소 짓는 10월 끝자락

수확을 끝내고도 넉넉한 그대

밑불이 되어야

불꽃을 놓아 버린 잿더미에서
감자도 굽고 고구마도 굽고 하는 이유를 알 것 같다
가까스로 제 몸에 담은 열기를
옆엣것에도 나눠 주고 붙들고 있다 보면
원래 제 것이었는지 옆엣것이었는지 모르는 열기들이
서로를 익어 가게 하는 이치를 알 것 같다
다 꺼져 가고 있는 것 같았지만 익어 가게 하고 있었다
나 몰라라 하고 있는 것 같았지만 힘을 보태고 있었다

담금질도 채찍질도 아닌
냉담도 조롱도 아닌
재촉도 방임도 아닌
그저
불꽃을 놓아 버린 밑불이 되어야
익을 수 있다는 걸 알 것 같다

12월

이른 봄에 연한 녹색으로 눈을 틔우고
여름내 진한 초록의 진가를 한껏 자랑하더니
시간은 어쩌지 못하고
흠도 생기고 그 빛도 바래지더니
그 옅은 바람에도 지탱하지 못하고
후두둑 몸을 떨어내더구나
그러나
12월 비 뿌리던 어느 아침
내 눈에 새삼 가득 들어선 네 빛깔이
꽃보다 아름다웠다
에너지를 대기 중에 뿜어 대던
지치지 않는 초록과는 사뭇 다른
남겨 주고 싶은 이야기가 들리는 것 같았다
언제 대지가 그렇게 편안하고 안정된 느낌을 주는지
알 수 있었을까
12월 빗물에 젖은 흙냄새가 제 몸에 향기를 스며들게 할 줄
언제 알았을까
옅은 바람에도 노상 축제하듯 춤을 추던 초록이

그 바람의 재촉에 못 이겨
바람이 실어다 뉘어 놓은 그 자리
이제 진정 휴식을 취하고 추억하는 그 빛깔이
정말 꽃보다 아름답게 내 눈 안에 가득 찼다

무심한 듯 세심하게

별달리 특별한 구실거리가 없어도
울음 끝이 길고 자꾸 칭얼대는 아이
그러다 보면 째푸린 얼굴에 열기가 모아져서일까
불현듯 따끈따끈 열이 오르는 아이
이런 아이들은 어떻게 달래 주는 것이었던가
머릿속의 주름을 잡고 또 잡아서
더듬어 생각해 내려고 애써 본다

마땅한 핑곗거리가 안 된다던가
내내 보채고 쟁쟁댄다거나
그런 건 내가 본 것일 뿐
아이는
소통이 되지 않아 답답했을지 모르지
그래도 자꾸만 두드리고 두드렸던 것일지 모르지

어른이 되어서도
서로 말은 주고 또 받고 하면서도
행간에 버젓이 알아주기를 기대하는 것들이

나동그라지면 안 그렇던가…
침묵의 시간이 길어지고
혹은 한 켜 한 켜 마음의 벽들은 높아지고
불쑥불쑥 끓어오르는 울화가
이마에 내 천 자 주름을 깊이 패고

나이 들어 가며
꼭 집어 말하지 않아도
딱 드러내 놓지 않아도
거어… 어디쯤 언저리에
두툼하게 세월의 무게가 얹힌 손을 갖다 대 주면
처억… 알아서 그 마음 받아 손질할 수 있음 좋겠다

좀 그렇게 투박하게 살고 싶다
무심한 듯 세심하게
잠을 설치는 밤이면 더 많이 그런 생각이 난다
그러려니
아… 그래서 그랬겠거니
좀 지나면 알게 되려니

맘처럼
생각처럼
안 되는 것들 투성이다

2020의 첫 좌절

2020년 1월 1일 아침이다

일 년을 헐어야 어디 쓸데도 없다던 말처럼
어디에 힘써 써 보지도 못한 한 해를 넘기고
대책도 없이 겁도 없이 새로운 명찰을 달았다
2020
어제와도 별반 다르지 않은 오늘
한동안은 다달이 끊어 내는 체크를 쓸 때마다
주의를 기울여 2020이라고 실수 없이 적어야겠지
아이들 학교에서 보내온 간단한 페이퍼에 사인하고
날짜 적을 때 신경 써야 할 일 말고야
크게 달라질 일이야 뭐 있을까
그런데
2020의 첫 좌절을 맛보았다
봄날 같은 겨울 아침
새해 첫날 아침
때도 모르는 방자한 것이
어디에 있다 나왔는지

어려서 따라 부르던 만화영화 주제곡처럼
지가 무슨 황금 박쥐라도 되는 줄로 아는가
제철에도 밉상이던 파리 한 마리가
윙윙대길래
대차게 한 획 내리꽂았는데…
놓쳤다
철도 아닌 때에
낙동강 오리알 신세
삼팔따라지 신세
드나드는 파리 한 마리를 놓치다니
이 무슨 망신이란 말인가
빌어먹을 파리 쬐깐한 것이
이렇게 약을 올릴 줄이야…

그러니
세상 아무것도
우습게 보지 말아야 할걸…
그랬다

나이가 들수록

보이는 것만큼만 이해되고
들리는 것만큼만 알게 되는
…
그러는 것인 줄은 몰랐다

보이지 않는 것을 알아주고
들리지 않는 것을 이해하는
…
그러는 것인 줄로 알았다

나이는 들어 가도
잘되지 않는 것
이해하고 알게 되는 것

깊고 마르지 않는 샘물 같으면 좋겠다
퍼 올리고 길어 올려도
더 맑고 더 깨끗한 물이 차오를 수 있도록…

길어 냈다 싶으면 어느새 그만큼 말라 버리고
다시 길어 올리려면 흙물이 같이 따라 올라오는
가문 샘처럼

나이가 들수록
가물어 가는 것
자꾸만 인색해지는 것

어쩔거나…

프로들은… 그렇더라

잠자리 날개 같은 tutu와 핑크 토슈즈의
세계적인 발레리나의 맨발을 본 적이 있다
은퇴한 유명한 미식축구 선수의
솥뚜껑만 한 손을 본 적이 있다
쇳소리에 어절 끝까지 소릿값이 다 나오지 않는
명창의 보통 말소리를 들은 적이 있다

얼마나 오랜 시간과 고된 노력을 쏟았기에
저리 아름다운 몸매와 자태가 감동을 줄까
놀라운 파워로 공을 낚아채고 끌어안고
땅따먹기를 위해 전력으로 뜀박질을 하던 선수
쉰 목소리로 이팔청춘의 사랑의 감성까지
때로는 애끓는 구음으로
어찌 가슴속 응어리를 다 토해 내는 걸까

춤을 추는 사람이 아니고
운동선수가 아니고
소리꾼 명창이 아니라 해도

옹이 지고 굳은살이 불거진 발
터져 나갈 것처럼 불거진 종아리 근육
가지런하지도 않고
제멋대로 휘어지고 쭉 펴지지도 않는 손가락
늘 쉿소리가 나고 낭랑하지 않은
거친 삼베결 같은 목소리가 존경받을까

마음도 자꾸 단련하다 보면
푸근해지고 거기에 기대고 싶어질지 모른다
마음에도 굳은살이 박혀
엔간한 자극은 꿈쩍하지 않고
쉽게 나가떨어지지 않는
종아리 근육 같은 게 붙어질지 모르지
마음 가락도 제멋대로 휘어지고 구부러진 채
모양은 사납지만 솥뚜껑처럼 넓어져서
엉성하지만 잘 싸안을 수 있게 되는지 모르지
마음을 자꾸 쓰다 보면
상처 나고 흠이 되어 거칠게 보여도
어린 속잎처럼 아주 자잘한 것까지
알아주게 될는지도 모르지

발도 곱고 춤도 잘 출 수는 없을까
손가락도 가지런하고 운동도 잘할 수는 없을까

목소리도 매끈한 소리꾼이 될 수는 없을까

마음고생 안 시키고 마음이 넉넉해질 수는 없을까

초콜릿과 장미 꽃다발

옛날 오랜 옛날 옛적에
영희와 철수는 수줍어하며 만났단다
주머니에서 실뭉치가 쌓여
동글동글 뭉쳐진 보라색 먼지를 안 들키려고
주머니에서 손도 안 빼고 새침하게 있었단다
주머니에서 빠져나온 손가락 사이에
눈치 없이 딸려 나온 실오라기를
무심히 보지 않은 듯 가만히
둘은 깍지를 끼고
손가락이 저려 와도 꼭 잡고 있었단다
조금 어색함과 두근거림이
맞잡은 두 손바닥 손금 고랑 사이로
땀이 배어 나오더란다
늘 보고 있어도 그리웠더란다
그래서
영희랑 철수는 왠지 슬퍼했단다
어른이 된 영희와 철수는
팔짱을 끼고 어깨를 두르고

자꾸만 자꾸만 가까이 마주 보았단다
서로를 바라보는 자신의 모습을
서로의 눈에서 확인하고 확인하고
이것을 사랑이라고 확신했단다
낮이 밤이 되고
또 그 밤이 낮이 되고
여러 날 낮과 밤을 보내면서
꼭 닮은 영희랑 철수가 커 가고 있더란다
그렇게 세월은 흐르고
영희도 철수도 이름표가 바래져서
다른 이름으로 보이게 되더란다
아니면 처음부터도
영희도 철수도 아니었는데
눈이 부서서 똑똑하게 보지 못했었는지…
아니면 옛날 옛날에
아주 가까이 마주 서서 보았던
상대의 눈에 비친 자신의 그 모습과는 너무 달라
이름이 바뀌었다고 생각하게 되었을까
영희는 분이가 되고
철수는 돌이가 되었단다
늘 함께 있어도 외로웠단다
그래서
분이와 돌이는 왠지 아파했단다

이름은
상대의 눈에 비춰진 나의 모습
내게만 보이는 내 모습

철수를 바라보는 영희는
철수의 눈에 비친 낯선 분이를
반갑다 할 수 없더란다
영희를 바라보는 철수는
영희의 눈에 비친 낯선 돌이를
반갑다 할 수 없더란다
이제는
자꾸만 놀래키는 낯선 분이와 돌이의 모습에
영희랑 철수는 서로 마주 보지 않으려고 한단다
영희는 철수는 보이는데 나는 어디 있지? 하고
철수는 영희는 보이는데 나는 어디 있지? 하고
외로울 수밖에…

오죽하면
사랑을 고백하라고 날짜까지 정해 줄까
분이가 영희 되는 날
돌이가 철수 되는 날
초콜릿과 장미꽃과 향기 나는 촛불
그리고 불꽃 튀는 눈총 세례 퍼붓는 그런 날

Social Distance 1

안 보는 것과 못 보는 것의 차이
안 듣는 것과 못 듣는 것의 차이

외로움과 그리움의 차이

코로나가 무에관데
세상에나 듣도 보도 못한 말들이 들린다
사회적 거리 두기
Social distance
안 그래도 자고 나면 멀어지고 냉담해져 가는
우리 삶 속에서
부러 손잡기를 피하고
부러 얼싸안기를 말라 한다
무슨 세상이 안 보고 안 만나는 게
이웃을 생각하고 염려하는 거란다
이런 세상을 살게 됐다

아픈 건 소문내라던 말이 예나 지금이나…

예전엔 파인애플 깡통이라도 갖다주고 싶어 했지만
지금은 뒷걸음으로 조금씩 더 멀리 피해 가라는
빨간 신호등이 돼 버렸다

한 사람을 지어 놓으신 분은
아직 외로움을 습득할 시간도 겪어 보지 못한 그에게
서로 힘이 되어 보라고 아내를 마련해 주셨다
우리가 알게 될 외로움이 어떤 것인지
그분은 아셨던 거다

그런데
이제는 외로움을 견뎌
그리움을 알게 되었다
옷을 입었어도 춥다
밥을 먹었어도 고프다

인간의 무지함으로
안 보고 안 듣던 시간 때문에
못 보게 되고 못 듣게 되는
마냥 그리워지는
춥고 배고파지는 시간이 될까 봐
겁난다
마음이 조급해진다

Social Distance 2

코로나가 인류를 포로 삼았다
기침하고 열나고 목 아프고 호흡곤란이 오고
… 오죽하면 생명까지 앗아 가는 기행을 부리다
스치기만 했다는 또 다른 사람에게 빠르게 빠르게
그네를 타며 쉼 없이 옷을 갈아입고 분탕질을 해 댄다
집단 감염
사회적 거리 두기
자가 격리
무증상자
확진자
새로운 단어들을 빠르게도 습득하게 한다
너 나 할 것 없이 모두가 호소한다
불안증 무기력증…
이렇게 많은 사람들이 동시에 같은 증세를 보이며
같은 마음이던 때가 언제 있었을까
우리는 대부분 한마음이다
그 마음의 흐름이 고와지기를 기도한다

부디
당신을 보고 들을 수 있는 마음으로 흐르게 하소서

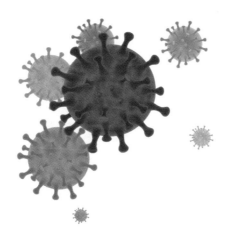

Social Distance 3

속절없다
쏜살같다
시간은
참으로 개인적이지 않다
때론 형편에 따라
재촉하거나 늦춰 주는 법도 결코 없이 공평하다
어떤 구린 수작을 부려 본다 해도
단 일 초도 빠르게도 늦게 도착하게도 할 수 없다
제아무리 뭐든 다 주무를 수 있는 세도가라 해도
시간 앞에선 덤도 에누리도 없다

저어만치 다가오는 그 시간에 가 서게 되면
그만큼 지나온 내 시간 얘기를 할 거리가
뭐 있어야 할 텐데…

어떤 시간은 떠밀려 지나온 것 같기도 하고
어떤 시간은 짊어지고 온 것 같기도 하고
어떤 시간은 발맞추어 얘기하느라

어느새 도착한지도 모르게 와 있던 것 같기도 하다

사회적 거리 두기라는 생소한 말이
마치 생존 법칙인 것처럼 되어 버린 시간
진즉에
우린 건강한 공간 유지를 고민했어야 했다
데면데면 멀찍이서
우는지, 웃는지 표정조차 살필 수 없이 살던
그 시간에 대한 따끔한 일침
지나치게 오버랩 되어 간섭도 되고 무례도 되던
그 시간에 대한 무거운 조언

너무 멀리 있지 말기
앞을 가려 볼 수 없게 하지 말기

시간은 내 사정대로 움직이지 않지만
공간은 내 생각대로 조정할 수 있다

왜 진작

살다 보면
왜 진작 그러지 못했을까 하는
아쉬움이 생길 때가 많다
늦게나마 그때라도 해 볼 수 있었더라면
아쉽기는 해도 후회는 남기지 않았을 텐데…
그렇지만
적절한 시기를 놓치면
뒤쫓아 따라잡으려는 의지가 없어진다
그렇게 자꾸만 쌓여 가는
아쉬움과 후회 때문에
더러더러 기억이 흐려지고
작은 글씨는 읽을 수조차 없게 되고
팔다리 움직임은 또 굼떠지는가 보다
한 해 한 해 깊고 굵어지는 주름 골골 어딘가엔
차곡차곡 쌓여지는
어린 날의 기억들과
깨알 같은 애깃거리들
잰걸음에 팔팔한 추억들…

모두 되불러 내서 걷어 낼 건 걷어 내고
보탤 건 보태고 단장할 건 단장해 놓을 수 있는
그런 날이 오면 좋겠다
그러나
그럴 수 있는 날들은 표가 나게
모습을 드러내고 찾아오지는 않을 거라고 한다
서둘러 허리끈도 단단히 하고
머리카락도 바람에 날리지 않게
가지런히 빗어 넘겨 매무새를 갖추고 있어야 한단다

체념과 승화

붙잡고 붙들고 있다고 머물러 있는 거라면
그리해 봐도 좋으련만…
놔주고 손 흔들어 주어야 하는 시간이라면
고와 보일 때 흉하지 않게 보낼 일이다
미련 맞게 물고 늘어져 진 빠지게 할 노릇이 아니다
마음 안에, 생각 속에 내려놓아야 할 욕심들이
날 얼마나 조이고 흔드는지…
놓았다… 하면 체념이다… 싶어 비겁한 것 같기도 하고
게다가 무력해지는 느낌이 들기도 하고
비약하면 패배한 것 같기도 하다
그럴 바에야
근사하게 무게감을 덜어 낼 전환이 필요하다
다시 어떤 모습이 되어 올지는 모르지만
내 안에 욕심으로 끈적거리며 붙어 있던 것을
떼어 내놓으면 승화라는 새로운 길을 따를 것이다
어떤 모습으로든 승화된 내 안의 집착을
만나게 될 것이다

비가 곧 그치면 무지개를 보게 된다

학기말 시험 전날 밤엔 유난히 잠이 쏟아진다
세계사 시험이 있는 날엔 머릿속 회로가 뒤죽박죽
조합이 안 되어 뜨끔뜨끔했다
연도 외우고 이름 외우는 일이
나한텐 정말
고역이었다
두꺼운 교과서의 시험 범위를 펼쳐 놓고
짓누르는 눈꺼풀의 무게를 이기지 못할 바엔
똥배짱으로 아예 베고 잤다
노트나 책의 내용이 순서대로 회로에 맞춰
잘 들어앉아 주길 기대했다
요행을 바라는 맘보다는 절박함으로
염력에 호소한다 할까 그러나
추억하건대 단 한 번도 그 절박함의 호소에 응답을
들어 본 적은 없었다
그런 줄 알면서도…
시험 범위를 알면 좀 베고 싸안고 자고도 싶다
옛날처럼… 헛수고인 줄 알면서도…

나날이 눈꺼풀은 점점 더 처지고…
어릴 적 같은 똥배짱도 안 통하는데…
어떡하나…
장거리 여행에 더러 가파른 언덕도 없으면
금방 졸릴 거라고 통 큰 생각도 해 보지만
여행은 목적지 도착하기까지 그 모든 시간이 다
나의 여행 일기다
물론 긴박감 넘나드는 오르막 비좁은 오솔길도
만나겠지만 탁 트인 평야 한가운데서
바람의 곁가지에 슬쩍 걸터앉았다가도 가고 싶다
아무 일도 없이 장대 소나기에 흠뻑 젖었다가도
바람이 걷어 간 파란 하늘 아래 서 있다 보면
어느새 사각사각 뽀송뽀송
아사 여름 교복을 막 다려 입고 나온 것처럼
비누 냄새 나는 그런 길도 만나고 싶다
아무 일도 없이 걸어 가고 걷혀 오는
그 모든 바람 아래서 여전히 예정된 여행을
만들고 있다는 생각
그 생각이 시들지 않았음 좋겠다
지금은 비를 맞고 있나…

비가 곧 그치면 무지개를 보게 된다

그런 여행을 떠나고 싶다

여행을 떠나고 싶다
소박한 음식점에서
허기와 갈증과 생소함을 달래 줄 만한
한 그릇 골라서 먹고
거스름돈 동전도 꼼꼼하게 세어
동전지갑에 찰랑 채우고
또 길을 나서는데
쌀쌀한 습기 담은 바람이
모처럼 길을 나선 나를 아랑곳하지 않아도
거스름돈 동전지갑에서
아까 챙겨 둔 동전으로
오가는 손끝에 때 묻어 무료하게 서 있는
나이 든 자판기가 무심하게
내미는 프림커피
아, 기대하지도 않았는데
정말 고급스럽게 향기 나고
품위 있게 우아한 달콤한 맛
신선하다 고맙다

맛있다 따뜻하다
돌아본 자판기는
소 확 행을 선물하고 그제서야
보일 듯 말 듯한 주름 골골에 미소를 싱긋 보여 준다

고깃고깃 버스 차표를 쥐고
시간 안에 맞춰 배차받은 버스가 기왕이면
덜 낡은 것이면 하면서…
바람에 쓸려 다니는 과자봉지 담뱃갑들에
애먼 눈 흘김으로 말을 걸고…

그런 여행을 한번 가고 싶다
참 오래전엔
이렇게 오랜 후에
그리울 줄 생각도 못 해 본 그런 여행
한번 가 보고 싶다

똑똑한 세상

손바닥 안에
세상 소식을 쥐락펴락하며
소통하고 사는
참 편리하고 빠른 세상
오늘은
보송보송한 바람이 좋아
창문을 죄다 열고 기다렸다
잠깐도
머뭇거리지 않고
공기는 들고 나고 스쳐 지나고
내 곁에
아무것도 떨구어 놓지 않고
다 지나갔다
나만 덩그마니 남아 있는 채로
다른 날 같으면
바람이
시원하다, 개운하다 했을 텐데
아니다

오늘은 쓸쓸했다
다시
손바닥 안에서
세상 쑤석거릴 때까지
세상에선 내게 아무런 소통도 해 오질 않았다

엄마 공부

아이가 아프단다
나는
아프다는 아이의 엄만데
나는 진즉부터 많이 아프단다
아이는 곰새
아니요 아픈 게 아니에요
무안당한 얼굴로 지 마음을 여러 겹 싸안아 버린다
어찌할까
무얼 할까
미안해 미안해 아무리 여러 번 말해도
감추어 버린 마음을 도로 꺼내지 않으려 한다
가만 생각하면
아이가 감추어서 못 볼 마음도 아니었는데
참 미련 맞은 엄마다

카레라이스 이야기

뭐 세상에 요렇게, 처음 먹어 본 맛이지만 금방 친해지는 맛
어울리는 오렌지색 당근이
아주 마침 맞게 부드럽게 아삭하게 익어
감자와 양파가 맘씨 좋게 물러서
더 부드러운 맛
어우러지게 씹히는 자잘한 살코기는
제 몸이 고기라고 주장하지 않아
고기 맛이 도드라지지 않아 더 사이가 좋게 어우러진 맛
50년은 됐을까
그 맛을 첨으로 알게 된 것이
짜구가 나도록
입가가 노오랗게 되어도
큰 냄비에 넉넉히 끓여 놓았어도
늘 많아 보이지 않았었다

엄마는
내가 몸살 기운이 있을 때면
카레를 끓여 주셨던 것 같다

아니면 변변한 반찬거리가 마땅치 않아
메뉴를 그렇게 선택하셨을지도 모르지만
아무튼 난 카레를 먹는 날은 늘
얼마나 아프냐고 이마를 짚어 주는 것처럼
좋았다

엄마가 그렇게 해 주었던 것처럼
마음이 공허할 때
분주히 서둘러 카레를 끓여 주던 친구가 있다
여태도
내가 카레를 미처 떠올리기도 전에
한 그릇 먹이고 싶네
말해 주는 친구가 있다
말갛게 끓인 콩나물국 곁들여
그렇게…

티눈 이야기

참 고약하다
부러 택해서 터 잡기에도 난감한
희한한 데 자리 잡고 세를 굳혀 나간다
어르고 달래기도 하고
소스라치게 고함을 쳐 뽑아내려고 해도
결코 고분고분하지 않다
무엇 때문에 그리되었는지
시작을 눈치채지 못한 내 탓이겠거니…
대범해지려고 아무리 애써도
많이 아파 못 견딘다

쓰러진 큰 참나무엔 영양 좋은 버섯들이
잔치를 하며 흐드러지게 핀단다
늠름하던 참나무가
어느 연유로 쓰러졌는가는 몰라도
담고 있던 것들을 모두 내어 주며
버섯에게 터를 만들어 준단다

가장 깊이 품고 있는 사랑하는 이들에게서
어쩌다 가시에 찔리면 마음에도 티눈이 들어선다
뭐 고깟 가시쯤인데…
기껏 그 정도 사이밖엔 아닌가…
마음에 품고 있지 않다면야
대못인들 티눈처럼 고약하게 박힐 일일까
어르고 달래고 호통치고 고함쳐서 쫓아냈다 해도
자리 잡힌 티눈 그 자리는 왜 그렇게 잘 건드려지는지
옹이가 되어 울룩불룩한 마음이
잘 감추어지지 않는다

참나무처럼
사랑하는 마음에 티눈이 남고 옹이가 된 그 자리에
영양 좋은 버섯처럼
앞서 자리 내어 주고 시린 바람 덮어 주는
두툼한 포용으로 잔치하는
너른 터가 되면 좋겠다

2

그대에게

그런 날들도… 있죠

아, 아
웃고 있어도 눈물이 난다
힘없고 약해진 세월 앞에
억장 무너지는
말 한마디에도
세월 비껴가는 장사 어디 있나요?
억장 무너지는 소리 한 번도 안 듣고 사는 사람 어디 있나요?

같이 가자 1

뒤돌아
좌절과 성취의 흔적을 다 볼 수 있는 것과
앞에 놓여
아무것도 보이지 않는
다소
불안하기만 한
막연할 수도 있는
소망의 길 앞에 섰을 때
확고한 한 걸음을 내디딜 수 있다면
밑그림을 그리고 지우고 할 일은 없을 거다
저 너머에 보이지 않는 것의 실체를 기대하고
또 소망한다면 가는 길이 그리 지루하지 않을 거다

꼭 그리되리라
이루어지리라
하면서 가자! 가자!
더워도
추워도

외로워도
맞바람이 나를 떠밀어도
가자! 가자!

그날이
뒷걸음치는 일은 없으니
나만 물러서지 않으면
한순간 한순간
가까워 온다
나를 부르는 소리가
조금씩 조금씩 크게 들려온다

나의
사랑하는 이들이여
부디
손잡고 가자! 가자!

같이 가자 2

동행

나란히 가다 보면

지치거나 지루해질 때도 더러 있을라

굳이

그 길만 고집해야 할 이유가 있을까 하며

두리번거릴 적도 간혹 있을라

행여

엇갈려 당황해도

저만치 앞서거나 뒤로 처져 있을지언정

분명

만날 수 있으려니

끝에 끝에까지라도 기다려 같이 가 주려니 믿으며

간다

때로는 등 떠밀려

때로는 팔 잡아끌며

함께 간다

같이 가자 3

하나 키우고
둘 키울 때는
수월해야 할 텐데
하나 키우며
아낌없이
온 힘을 다해
둘 키울 때는
또 새 힘을 써야 한다
옷은 받아 입히고 물려 입힐지언정
밥은 새로 지어야 하고
맘은 매일 쉬지 않고 키워야 한다
받아 입히고 물려 입힌 옷일지라도
옷맵시도 정말 다르긴 하다
그래 그런가
인생은 정말 오르락내리락 고갯길인가 보다

나는
내 엄마가

다섯 번째로 새 밥 지어 안치고
다섯 번이나 매일 맘을 키워 내
길러 낸 딸이다
여태도
많다 하지 않으시고
난 여섯이었어서 그래도 좋은데
유난히 착살 떠는 우리 딸 은영이는 둘뿐이라 어쩌나
그렇게 내 엄마는 걱정한다
다 그렇다
다 그런 거다
하고

아무려나
둘이서나 사이좋게 건강하게 오래도록
잘 지내라고 하신다

아들은 뉘 집 딸 만나면 남이 된다 하니
못 만나게 할 재주도 없고
나도 뉘 집 아들 빼 온 죄로!

의리 있게 사십시다

그대에게 1

당신의 어깨가 무거워 보입니다
머리에 내려앉는 서리가
당신을 초조하게 하는가 봅니다

아직도 밝아 오지 않은 새벽 이른 시간
밤새 뒤척이던 자리를 털고 일어나
홀로 복잡한 생각에 오랫동안 붙들려 있었을 당신
당신은 늘 최선을 다해 왔습니다

그대에게 2

저녁나절에나 느껴 봄 직한 뿌듯한 감동으로
하루를 시작합니다
몰랐던 걸 알게 되어서
못 보던 걸 보게 되어서
안 듣던 걸 듣게 되어서
감동을 느끼는 건 아닌가 봅니다
늘 새로 알게 된 것처럼
항상 새로 보게 된 것처럼
언제나 새로 듣게 된 것처럼
사랑한다는 표현은
수줍고 설레게 합니다

살아가다 보니
작은 화분에서 시작한 정원이
점점점 평수 넓혀 가며
그 안에서는 내가 계획하지 않았던 풀씨도 날아와 터 잡고
눈길 주던 꽃잎이 웬일인지 시름시름 하기도 하고
허투루 보던 시답잖던 씨앗이 싹을 틔워서

마음을 자꾸만 빼앗기기도 하죠
어찌 보니 이 너른 뜨락이 다 내 품 안에 있는 것이기도 하죠

오래 묵은 친구로
매일이 새롭고 싫증 나지 않는 사람
그대가 내게 감동을 줍니다
힘내십시다

좁은 길로 초대받아

정말 좁은 길인가 보다!
앞서가는 사람만 보고 따라가면 되는 그런 길이 아닌가 보다
나를 인도하는 그분의 뜻을 내가, 내가 찾고 따르는 길이니
누구를 벗 삼아 친구 따라 강남 가는 길이 아닌가 보다
보채며 칭얼대는 아이를 들춰 업고 추스르며 가는 길이 아닌가 보다
그래서 좁다고 했나 보다
그리스도께서 형주를 등에 지신 것처럼
한 사람 한 사람의 좁은 길을 찾아가야 하나 보다
때로는 업혀서도 얹혀서도 밀려서도 가고 싶었는데
때로는 들쳐 업고도 둘러메고도 질질 끌고도 가고 싶었는데
그리 가지는 길이 아닌가 보다

회상

시간이라는 이불을 덮고 있는
치기 어린 기억들은
더러는 망각으로
더러는 추억으로 남는다
지나간 시간들이 어디
자랑스럽기만 할까
수치스럽기만 할까
고마움과 미안함을 표현하지 못하고
시간이라는 이불에 덮여 버린 기억은
마음의 빚으로 남아 목젖을 쳐올리기도 한다
또한 좌절과 절망의 기억이
시간이라는 이불에 묻혀 있다면
반성과 후회로
살면서 한 번씩 입안에 신침이 고이듯 할 것이다
이불을 걷어 낼 재간도 없으면서
시간을 거슬러 그때 그 지점으로
자꾸만 돌아가려 한다면
왜곡되거나 과장되거나

이러저러한 해괴한 기억들이
내 인생에 좀이 되어 번질 것이다
대체로
혀를 한번 끌끌 차고 말 일
뒷머리를 무심한 듯 긁적이고 말 일
이미 시간이라는 이불에 덮여 버린 기억으로
뻥쳐 대지 말자
코 빠트리지 말자
어제에게도 내일에게도
내 힘을 너무 많이 내주지 말자
오늘 내가 그 에너지의 주인이니까

Pay off

이제는 좀
애썼다 수고했다 숨 좀 돌리자
그렇게 말해 줘도 된다
오른손 따뜻한 손으로
늘 긴장으로 굳어 있는 왼쪽 어깨를
툭 툭
그렇게 두드려 줘도 된다
소나무 묘목이
비리비리할 때도
내 눈엔 그저
갓난아이 머리카락처럼
신기하고 귀하고 가득해 보였다
이른 아침이면
싱싱한 아침 햇살이 소나무 숲을 키웠고…
이젠 목을 다 젖히고 나야 나무 꼭대기가 보인다
잔디가 파랗게 그 모양새를 내려면
뜨거운 햇볕을 꼬박 받고서
하루 이틀 덜컹대며 트랙터로 긁고 다녀야나 된다

처음에

앞마당 큰 나무에 길게 늘어뜨린 그네를 매어 주었고

피크닉 테이블을 만들어 나무 그늘에 보기 좋게 앉혀 두었다

그러곤 너른 평상도 하나 만들어 여름날 한낮에 길게 누워 있게도 해 주었다

여름이면 가까운 사람들과 어울려 텐트를 치고 모닥불을 피우고

마른 쑥으로 모깃불도 피우며 하룻밤 한뎃잠을 자 보기도 했다

고등어 꽁치 장어 소금구이도 비린내 걱정 없이 화덕에 구울 수 있었다

눈이 많이 오는 겨울엔 누렁이까지 덩달아 경중대며

아이들 유틸리티카로 눈썰매도 맘껏 미끌려 다녔다

하얀 배꽃으로 봄이면 수줍고 화사하게 문을 열고

가을엔 꽃배 나무가 물이 들면 가만히 있을 수가 없었다

그 설레임을!

…

지금도 처음처럼 여전히

찾아가고 싶은

자꾸 생각나는

터

내 것으로만 여기지 않고

바람과 물과 공기와 느낌

이 풍족한 것들로

함께 나눌 것을 기도로 약속드린다

이제는 좀
등이 휠 것 같은 삶의 무게를
덜어도 될 것 같다
이제는 좀
막연한 불안에서 오는 가위눌림을
벗어도 될 것 같다
애쓰고 고생한 그대에게
감사와 응원의 박수를 아낌없이 보낸다

영희랑 철수랑

일주일이면 한두 차례는 꼭
생크림 케이크와 따뜻한 커피를 선물받고 싶었다
그런 시간들로 치장하면
보석으로 얹어 놓은 귀부인보다 고급스러울 것 같았다

부스스
머리에 흰 꽃이 부스럼처럼 번질 거라곤
짐작조차도 못 해 본 오래전의 생각이다
아
그때도
철없이 어린 나이도 아니었는데…

저녁 식사를 준비하는 시간보다
상 물리고 마주하고 음악 듣고 영화 보고…
어둠 가운데 반짝이는 조명등이
따끈따끈해질 때까지 얘기하고 웃고…
그 시간이 더 길 줄 알았다

어깨가 허리가 발바닥이
아프다고 성화하게 될 줄은
짐작조차 못 해 본 오래전의 생각이다
아
그때도
철없이 어린 나이도 아니었는데…

떨어진 단추가 덜렁덜렁한 채로
겹줄이 잡혀 다리미가 오고 간 자리가 그대로인 채로
마른 밥알이 주걱 모양대로 뭉쳐진 채로
냉장고 찬기가 숨바꼭질하다 나온 채로
그런 모양이 될 거라고는
짐작조차 못 해 본 오래전의 생각이다

일주일이면 서너 차례는 꼭
타이와 셔츠를 골라 챙겨 주고 싶었다
색깔 맞춰 양말과 구두를 내주고 싶었다
그런 시간들이
먹고사는 일에 아무 상관되지 않아도
공을 들이고 싶었다
아
그때도
여전히 내 옷처럼 입지 않았었지만…

오래도록 걷고 싶다
저 끝자락이 더 아득하도록 밀어내고
오래도록 걷고 싶다

코 골고 방귀 뀌어 대도
콧등에 돋보기를 걸터앉혀 놓았어도
두 번씩 묻고도 엉뚱한 대꾸를 해도
길목 길목 어디쯤에서
먼저 와 기다려 줄 테니
생크림 케이크와 커피가 아니어도
음악과 영화가 나올 무드가 아니어도
타이와 슈트가 아니어도
오래도록 같이 걷고 싶다
여전히 "자기야" 하고 부르는 "그대"와
건강하소

3

Daniel Story

Mustang

가난했던 청년기를 보낸 아비
그때에 가질 수 없었던 것을
청년이 아비가 되어서도 잊지 못하는 것을
아들에게 선사하고는
가난했던 청년 시절이 떠오르는 아비의 콧망울이 씰룩대더라
부디
부디
청년 시절 가난했던 아비의 부유한 아들아
바알갛게 일렁이던 아비의 표정을 오래도록
기억해 다오

아비가 채워 주지 못하는 것이 있걸랑
꼭 마음에 두었다가 너도 아비가 되걸랑
너의 아들에게 선사하고 머릿속에 담아 두었던
아비의 일렁이던 표정을 꼭 닮아 보렴

엄마, 전화할게요. 사랑해요

오랜만에 집에 온 아들
근래 들어 가장 춥다는 오늘
하필이면 오늘
용돈 벌러 아르바이트하러
다시 돌아갔다
풍성하게 누리는 것에
베풀어 주신 분께 감사한다는 의미를 담아
사람들은 한껏 너그러워져서
덕담들을 넉넉히 주고받는다
기원이야 어찌 되었건
사람들의 마음이 항상 오늘처럼 감사한다 하고
마음 넉넉하게 미소로 인사 나눌 수 있으면
참 따뜻하겠다
아들애가 떠나면서
오늘 같은 날 함께 있지 못해 죄송하단다
친구들과 어울려 연휴를 즐기러 가는 것도 아닌데
속이 찬 소리를 들으니 마음이 짠~해진다
저를 위해 해 주신 게 얼마나 많은데… 하면서

철딱서니 없는 소리를 들을 땐 한심스러워 욕이 나와도
아직 내 안에 있는 짐 보따리 같더니
마음 가름이 서는 소리를 하니 뻐근하면서도 서늘해진다
벌써 저어만치 길 나선 여행 가방 같아서

여느 때 같으면
부릉 시동 걸고 떠나려는 차창을 두드려
연락해라 운전 조심해라 하던 말조차 잊고
멍하니 서 있었더니
가만히 차창이 벗겨 내려가고
전화드릴게요 추워요 들어가세요~ 한다

그리고 후진~
바로 드라이브웨이로 들어서며
다시
차창이 스르르 미끄러져 내린다
아니나 다를까 뭘 또 빠트렸구나 싶어 하는 차에
엄마 전화할게요 사랑해요 한다

하~
아들놈 이놈을 어쩔까~

쭈루루 물방울이 얼굴을 타고 내린다

차창처럼…

추운데 수고해라~
속으로만…

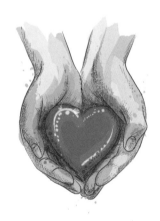

Johnnie Walker

스물한 살 큰아들이 사 들고 온
평생 처음 받아 본 값진 술 한 병
종종 허리가 아파 와도
꼭두새벽이면
어김없이 제자리를 지켜 온
아버지에 대한 감사와 존경
가족에게는 아까울 것이 없다는
세상에서 가장 아름다운 시와 함께…

쉽게 감동받는 나는
오늘 벅차서 가쁜 숨을 한가득 안는다

Jazz와 밤바다 드라이브

모래가 발을 뒤덮는 걸 영 싫어하던 우리 큰아들
모래밭에서 작정하고 뒹굴며 놀자고 온 것도 아닌데
밤 시간 짠 내 쫓아서 잔잔한 파도 물 뒤채는 소리 따라
무턱대고 시커먼 바다로 저북저북 드가는 엄마 뒤에
두 손에 신발 벗어 들고 따라붙는다

모래 밟는 거 싫어하는 까칠한 아들이 젖은 모래를 타박하지도 않고
잘랑잘랑 바닷물에 발을 가만히 담근다
시커먼 밤 시간에
울 엄마 왜 이런 걸 하고 싶은 걸까 궁금했을 텐데
묻지도 따지지도 않고
같이 저북저북 잘랑잘랑~

그동안 항상 고파 했던 다정다감
한 번에 빚 갚으려는 생각에서였을라나?

마음은 온통 노랑으로

"갔다 올게요"
항상 기다리는 마음을 알고 있다는 뜻이겠지요!
그리고 반드시 돌아오겠다는 의지이겠지요!
그래도 돌아서는 뒤꼭지는 항상 바람이 선듯 분다

잊히지 않는 드라마 엔딩 장면이 떠오른다
노모와 헤어지고 돌아오는 차 안에서
백미러 가득 은행잎이 아우성치듯,
돌아가는 아들의 차를 숨이 턱에 차도록
따라나서는 노란 은행잎
너무나 아름다운 가을 노란 은행잎이
손수건으로 입을 틀어막고 끄억 끄억 하는 것만 같았다

안개처럼 떠난 정인을 기다리는 여인의 마음이 보인다
노랑 손수건으로 탄광촌을 가득 휘날리며
바지랑대에도
나무 가지가지에도
문손잡이에도

마치도 소리 없는 흐느낌처럼 보였다

어느 항구 짠바람에 빛바랜 노란 조각배 리본이 떠오른다
보냈으나 보내지 못한 채
그리움 때문에 일렁이는 가슴 한 켠
돌아오라, 돌아오라고…
노란색 은행잎으로
노란색 손수건으로
노란색 리본으로
메우고 메우고…
어서 다녀오라고
빨리 갔다 오라고
재촉한다

"갔다 올게요"

성장통

마치
봄바람처럼 다녀갔다
살랑이며 그저 보드라울 것만 같지만
실상
그 안에는 견뎌야 하는 환절기의 모짐도 있고
겨울과 봄 사이에서 그 혼란을 들키지 않으려고 애쓰는 쓰라림도 있고
…
"소중한 사람들
귀하고 맛난 음식
더없이 행복하고 아름다운 함께 있는 이 시간
감사합니다
건강을 보살펴 주세요"

…
혼자서
많이 추웠던가
때로는
겁나고 외로웠던가

자라느라
몸살도 치렀던가
동생을 보는 눈빛이
흔들리며 사랑스러워한다
짜아식~
왜 그렇게 여린 거야
누굴 닮아 그렇게 속살이 연한 거야

우린
오래 잤다
많이 피곤했던 사람들처럼
낮잠을 길게 잤다
혀누기가 제집으로 떠나고
오늘따라 가지에 마른 잎사귀 하나라도
다 떨구어 낼 태세로 심하게 바람이 부는데
그 스산한 창밖 풍경을 계속 보고 있을 수 없고
또 휑하니 내 안에서 부는 바람도
11월 바람 못지않아 눈을 감아 버렸다
그립다
무럭무럭 자라라 했던 아이들이 쑥쑥 크고 나니
내 손 닿을 일이 없어져 빈손, 쉬고 있는 손이
쓸쓸해한다

"인생에서 잃은 것들을 노력함으로 되찾을 수는 있어도
엄마~
지나간 시간만큼은 다시 되돌릴 수 없잖아요
아빠~
시간을 잘 써야겠어요"

무슨 말을 보탤까!

둥당거림

아들아이가
그때 내 나이가 되었다

분명하지 않은 문밖 세상에
잔뜩 긴장했던
그때 내 나이가 되었다

나는 아들아이와 같이
감기처럼… 또…

명쾌하지 않은 문밖 세상을
향해 겁내지 않을 거라고
숨을 고르고 있다

이미 겪고 지나온 터널이지만
새삼 아이가 뚫고 지나올
터널 앞에 서서 둥당거리고 있다

손을 잡아끌 수도…
등을 떠다밀 수도…
어쩌다 보니 지나온 그때 내 나이처럼
오롯이
아들아이가 헤치고 나가야 할
그 길 앞에서
둥당거림이 재워지질 않는다

나는 아들아이와 같이
감기처럼… 또…

다이아몬드

탄소 덩어리라더니
얼마나 갈고 닦고 정성을 들여야
다이아몬드라는 화려한 명성을 입는단 말인가
탄소 덩어리를 살펴본 눈이 보배요
갈고 닦아 낸 손길이 보배 아닐까
제 몸이 스스로야
그리 빛을 내게 할 재간 어디 있을까

기다리고 공들이고
빛을 내게 할 생각은 미처 못 하고
돌멩이… 돌멩이…라고 구박 구박을 하니
구르다 구르다 제풀에 어느 한구석 연마돼서
반짝하는 날이면
왜 진즉 그렇게 빛을 내지 못했느냐고
핀잔을 주기만 했지 않았나 싶다

난 오늘 두 번 울었다
게으름 피우고 무책임한 내 손이 부끄러워 한 번 울고

제풀에 쪽이 깨져 나가 반짝하는
그러나 여전히 탄소 덩어리가 애쓰는 게 안쓰러워
또 한 번 울었다
다이아몬드는 타고나는 게 아니고
정성으로 가공되는 것인데…
그렇게 두 번 울렸다
내 눈엔 여전히 탄소 덩어리 돌뎅이가
반짝거리며
공들이고 정성 다해 주서서 감사한다 하니
부끄러워 자꾸 울었다
아직도 오랜 시간을 정성 들이고 공들여야 할
탄소 덩어리 맞지만
이미 빛을 내고 있었다
쉬지 말고 지치지 말고 공들여 달라고
미소 짓고 있었다
그래서 난 오늘 두 번 울었다

4

Edward Story

뭐라고 가르쳐야 하나?

학교 가서 친구들과 사이좋게 양보하며 지내야 한다고 가르치시던
우리 엄마가 많이 늙어서 그런가?
요즘 세상은 이겨야 한다는 말만 한다
이기려니 싸울 수밖에
지는 게 이기는 거라던 엄마의 목소리가
멀리 있어서 그런가?
난 내 아이들에게 이기면 좋겠다고 한다
이기려니 싸울 수밖에

큰사람으로 자라 다오

씻어도 씻어도
반찬 냄새 행주 냄새가 나던 우리 엄마 손을 닮아 가는 내 손과
그 손안에서 세상천지가 겁나지 않던 어릴 적
내 손을 닮아 가는 내 아들의 손이 정겹다
키가 커서 큰 사람이 아니고
마음이 진정 큰 사람으로 잘 자라 다오 부디

쩡우기랑 혀누기랑

"큰 어항에 떠 댕기는 짜근 고기 한 마리"

우리 아들 펄펄 뛴다
사람을
그것도 아들을
고기 한 마리라고 했다구
내 눈엔 그리 보이는 걸 어쩌냐?
정말 세상에 하나밖에 없는 귀한⋯ 걸
넓은 세상을 독차지하듯 편안하고 여유롭게
마냥 한가롭고 행복했으면 좋겠다
우리 아들들
쩡우기랑 혀누기가

Sheraton 905

Sheraton 905
간밤에 배가 아프다고… 쩔쩔매던
우리 아들 쩡우기가 내다보며 감탄하던
도시 창밖의 이른 새벽 풍경

엄마 손은 약손
아들 배는 똥배

주문 외듯
그러나 꼭 약손이 돼야겠다고
문지르고 또 문지르고
그래서인가
고약한 방귀 몇 방에 안정을 찾고
새벽 도시 일출을 만났다
배시시 웃으며 우리 아들 쩡우기
"아, 엄마가 없으면 내가 어떻게 살까?"
나는 감동 먹고 넘어갔다

살색 보름달

뜬금없이
불쑥
쩡우기가
엄마는 정말 예뻐요… 한다
내가
뭐가 예뻐? 했더니
엄마 머리가 똥그란 떡 같아요… 한다

똥그란 떡
쩡우기에게 똥그란 떡이 뭔데
엄마 머리가 똥그란 떡 같아서
상상 속의 엄마 소싯적 모습까지
그렇게 예쁘게 생각될까?
귀여운가?
말랑말랑한가?
푸짐한가?

암튼

똥그란 떡 엄마
예쁜 엄마란다

Miracle Boy

16년, 17년 전쯤

세상을 살아가며
두리번거리고 쭈뼛대지 말고
뻔뻔하게 살아라

퍽이나 믿는 구석이 있어 뵈는
세상을 향해 뻔뻔한 그들과 함께 머물면
하늘 아래 우린 모두 도토리 키 재기일 거라고 생각했다

이제쯤
좀 다듬어진 생각으로는
뻔뻔함이라기보다는
회복 희망을 약속하신 분에 대한
믿음을 밑천 삼아 뒷심 있게
자족하는 법을 배우고
겸손을 익히고
순종하는 모습으로 살아가기를 바란다

부빌 언덕이 되어 주마 하고…
초대하고 계신 분의 소리를 잘 듣고 배우라고…
그러면
저만치서 땀 뻘뻘 흘리며 다가오는
친구들의 소리도 놓칠 일이 없다
어쩌면
벌써 옆에 서서
옆구리를 쿠욱 찔러 보고 있을지도 모른다

세상을 아우르는 힘
그 힘은 가히 놀랍다
그러나
그 힘을 붙잡고 놓지 않으려 하다 보면
친구는 슬퍼하며 떠날지 모른다
그리고
친구가 떠나고 나면
거머쥐고 있다고 생각한 세상의 힘도
너를 놓아 버릴지도 모른다
세상의 힘은 네가 쥐고 있었던 게 아니고
세상의 힘에 네가 쥐어져 있었기 때문이다

정작
세상의 힘에 의해 교사받아

뻔뻔해져 보지도 못하고
두리번거리며
어느 한 곳에 머물지 못하고
쭈뼛댈지 모른다

어느새 꼬맹이가 18살

질풍노도와 같은 시기에
쏟아지는 반발과 의혹과
퍼부어 댈 질문에
고스란히 맞대어
샌드백이 되어 주어야겠다고
15년은 꼭 아프지 않게
잘 버티게 해 달라고 기도했었다
그랬는데 어느새 15년은 말할 것도 없이
18년이나 건재하다

그러고 생각하니
샌드백이 되어 주었던 것은
내가 아니었다
생명을 주신 분이었다
샌드백이 필요했던 것은
15살이 아니었다
오늘도
비가 많이 쏟아지는데

조심 운전 하느냐고 걱정하며
운전 중이라 오래는 통화 못 한다고
전화 걸어 준
18살이 아니었다
나였다
나였다
질풍노도의 나이도 아닌데
모든 게 불확실해
동공이 바들바들 떠는 청춘도 아닌데
바로 내가 샌드백이 필요했다
생명을 주신 그분이
내겐 필요하다

잘 키워 주서서 감사합니다
우리 집 꼬맹이

5

To. Dan. & Ed.

응원

잘할 수 있는 것에 대한
해도 되는 것에 대한
격려나 응원에는 좀 인색했다
오히려
해야만 하는 것에 대한
해서는 안 되는 것에 대한
지침이나 금지에는 큰 목소리를 내는 데
망설임이 없었다
세상에는
해도 되는 것과 해야 하는 것
잘할 수 있는 것과 해서는 안 되는 것들이
골고루 있을 텐데
잘할 수 있는 것과 해도 되는 것에
성원하고 환호해 주지 못하고
해야만 하는 것에 윽박지르듯 주지시키려 했고
해서는 안 되는 것에 엄포 놓듯이 경고하려고만 하지는 않았나?
나에게
나의 아이들에게

어깨 두드려 주며
잘해 보자고 해야겠다

난 자리

놓쳤다
손에서 놓아 버린 것으로 하자 해도
아무리 생각해도
놓쳐서 허전하다

괜찮다
맘에서 으레 그런 것으로 치자 해도
아무리 달래 봐도
아파서 표가 난다

닭 쫓던 개 지붕 쳐다본다

혹시나 역시나 또다시

뼛속까지 시든다

그러려니 했지만
분명하게 그러면
무안하다

아닐 거다 했어도
그러기를 바란 게
후회된다

어처구니없어도
아무렇지 않은 체
가만가만

후련하게 대놓고
진솔하게 시원히
조곤조곤

들어 주는 귀가 되고 싶다

두 놈들

평생
이렇게
엉기고
주변서 맴돌고
마주 보고
더러는 딴청 하면서도
힐긋힐긋 살피고
힘들면 업히고
업은 놈은 태연한 채
업힌 놈은 개구지게
나란히 서서 한곳을 바라보며
손잡고 가면
좋겠다

다시 세상을 만나도

파란색 알을 품고 있던 어미 새가
둥지를 떠났다

어디 가고 자리를 비웠을까?
애가 탔다
감기라도 걸릴라
바람에 흔들려 멀미라도 하면 어쩌나
비에 흠뻑 젖어 버리면 깨어나지 못할라나

봐도 봐도
내가 여태 한 일 가운데 제일 잘한 일은
내껜 아이가 있다는 거다

저렇게 잘난 놈이 내 아들이라니!
저렇게 착한 놈이 내 아들이라니!
하다가도
저렇게 못난 놈이 내 아들이라니!
저렇게 못된 놈이 내 아들이라니!

하는 때도 있다

지들이라고 안 그럴까
우와아~ 우리 엄마~ 역시!
하다가도
흐이구~ 우리 엄마~ 증말!
하는 때가 없을까

그래도
난
너희들이 내 아들인 게
세상에 태어나 한 일 중에 제일 잘한 일 행복한 일이구
난
너희들에게
다시 세상을 만나도
너희들 엄마여야 한다고 듣고 싶다

숨바꼭질

숲도 있고 물도 있고 오솔길도 나 있는 산책 길에서
바람도 좋고 새소리 청아하고 간간이 멀리서 들리는
아이들의 웃음소리도 좋은데
마침 작은 벤치가 있어 가던 발걸음을 붙잡는다
잠깐 앉아 느끼며 쉬고 싶었는데
양손에 붙잡고 있다고 생각했던 아이들은
숲으로도 뛰고 물가로도 내달린다
그 평온했던 풍경이 갑자기 시선을 방황하게 하고
아이들 뒤꼭지를 쫓아다니느라 바쁘게 한다
큰 나무 뒤로 감춰진 아이 모습 때문에 심장이 널을 뛴다
언덕 너머 길로 물가로 쏟아지듯 내달리는 아이는
이미 벌써 내 소리 파장을 넘긴 지 오래다
난 오롯이 혼자 남겨진 느낌이다
선명하고 영롱한 색의 풍경화는
어느새 흑백의 정물화가 되어 버린다
회색 그림자처럼 저어만치에서 부른다 나를!
서두르지 않고 구물댄다고~
내 안에선 얼마나 종종대는지 모르는 이가!

날은 밝았다 하는데
해는 바뀌었다 하는데
환해지지 않고
새로워지지 않는 걸까
겨울엔 하얗게 눈이 와야
그나마 다 벗어젖힌 나무들이
멋을 부릴 수 있을 텐데
추적추적 겨울비가 회색 비가
가뜩이나 추레한 빈 가지들을
에누리 없이 훑고 간다
야박하다

우짜구 저짜구

말끔하게 씻겨 냄새 좋은 로션도 잘 펴 발라 주고
속옷부터 뽀송하게 말린 깨끗한 옷으로 입혀
내보내며
흙 묻히지 마라
옷 적시지 마라
구겨질라
찢어질라
… 우짜구 저짜구 …
친구들과 어울려 놀아야 한다
양보해라
싸우지 마라
차례차례 순서 지켜라
… 우짜구 저짜구 …
한쪽 구석에 깨끗한 옷 모양새 고스란히 서 있는 아이를 보면
같이 뛰어놀아~
공을 뺏기고도 이젠 쥐~ 나 하게~
개미 소리로 목에 핏줄도 못 세우고 쫓아다니는 아이를 보면
저저저… 저런 못난… 바보같이… 그걸 왜 뺏기고도 그러고 있어!

이제부턴 전쟁을 하라고 부추긴다
흙물투성이로 얼룩이 되어 돌아들어 온 아이에겐
다시
아무 자리에나 털푸덕 앉지 말랬는데…
스스로 깨끗하고 고급스럽게 굴어야
이담에 다른 사람도 널 깨끗하고 고급스럽게
대접하는 법이라고 흰침이 고이고 튀어 가며
열변을 지껄여 댄다
내가 그랬다 우리 아이들에게
아이들은 문밖을 나설 때부터
다시 돌아와 내 앞에 설 때까지
내 말에 맞추어 보려고 했을 건데
나설 때 옷 더럽힐까 바짝 긴장했을 테고
돌아와 실망한 엄마 눈초리에 주눅 들고
속으론 이제부턴 아무것도 하지 말아야지
결심했을지도 모르겠다
왜 이제 와 이런 생각이 들었을까

아직은 흙물 얼룩을 털어 내고
새 옷으로 바꿔 입을 수많은 내일이 있다
너희에겐

얇은 살갗을 걷어 내고 하얀 분이 피고

달콤하고 쫀득한 곶감을 만들어 내는
어제의 시간 안에는
살갗을 벗겨 내는 일
찬바람에 맨살이 고스란히 드러나는 일들을
똑같이 겪어 냈어도
삐들삐들 까맣고 딱딱하게만 마른 곶감도 있다
Wrong time, wrong place에서
혼자 보람 없이 딱딱하게 굳은 곶감 얘기만 해 대며
조언이라 생각했지만
결국은 으름장만 놓았다

난 흙물 얼룩 털어 내고 새 옷으로 갈아입을
내일이 자꾸만 짧아진다는 생각에 쫓겨서
그런가 보다

콩나물 시루

밑 빠진 독에 물 붓기가
콩나물을 키우는 까닭은
재촉하거나
이미 부어 준 물을 기억하지 않고
늘 돌보고 새로운 물을 아까워하지 않고
부어 주고 또 부어 주었기 때문일 거다

근데 난 이미 부어서 말라 버렸거나 새어 나간
물만 기억하고 아무 역할도 못 했다 싶은
맹물만 야속하다 하고 있으니
밑 빠진 독에서 빠져나간 물만
내내 쪼아 보고 있었던 것 같다
시루에서 자라고 있는 콩나물은 안중에도 없이

왜 꼭
한두 박자 놓치고 깨닫게 될까
그러곤 이내 한두 박자 지나면
또 그 타령을 하고…

나도 밑 빠진 시루에 앉힌 콩나물처럼
그 안에서
더러는 익어 가고
더러는 자라나고
더러는 깊어지기도 할까

매일매일
기다림과 간곡함의 물을 붓고 또 부으니
숭숭 새는 시루에서
내 희망과 기원이 자라고 있는 걸까
그래
재촉하고 안달하지 말자
기다림이나 간곡함이 내게서 마를 날은 없을 테니
붓고 또 붓자

콩나물 시루는 물을 받아 모아 두면
썩는다
받은 물을 물고 뱉어 내지 않으면
자라지 않는다

6

엄마 생각

추억

다녀갔다
머물다 갔다
많이 웃었다
많이 생각했다
그리고
기억해 냈다
또 오래
기억날 거다
따뜻했다
정말
그리웁다
어제와 내일이

엄마 친구

울 엄마

집에 먹을 것이 많으면
여기저기 그득하면
친구가
많은 것 같으시단다

밥만 세끼 먹고 나서
암것도 없으면
왠지 쓸쓸하니 휑하시단다

그래
부엌이 쓸쓸하면
모두 외로워지는 까닭이었나 보다

우리 집 여덟 식구

우리 집
식구가 여덟 명이다
아주 많다고 생각한 적이 있었다
우리 집
방이 두 개인 적이 있었다
시멘트로 미장해 놓아서
날깍쟁이 같던 그 집 마당엔
우리들 목욕통만 한 큰 빨래통 앞에 앉은
작은 체구의 엄마가 늘 맨손으로
밥 짓고 청소하고
또
빨래를 비볐다
엄마는 다 그러는 거라고
생각했었다
우리 집
창문이 방문만큼이나 큰
방이 여어어러어어 개나 되는
욕조가 갖추어져 있는 목욕탕과 화장실이

이럴 수가…
집 안에 있던 적이 있었다
그 집은 천장이 높아서
꿈을 많이 꾸었다
좀
많이 추웠다
커튼만 치면 수시로 공연장이 되었던
우리 집 마루에선
살얼음 언 겨울 김장 김치 포기와 두부만 있으면
파티를 할 수 있었다
우리 집
정말 큰 나무가
뺑 둘러 여러 그루가 있었다
그 나무보다도 더 큰
아버지가
자식들 몫몫 생각하시며
심으셨다고 했다
내 몫의 나무는 무엇이었을까?
내 맘대로 정했다
자목련으로!
천장 위론 간간이 쥐가 드나들기도 했다
비바람이 많이 치는 날엔
천장 벽지가 부웅 부푸는 날도 있었다

참
칙칙했다
여덟 식구
그 여러 식구가 살 때
작은 소리로 말해도 다 들렸다

감사합니다

우리들 엄마께 올립니다
4남매
5남매
6남매를 키우시며
자식들 가슴에 응어리질 때마다
피멍이 맺히는 가슴을
어찌 풀어내셨는지요?
자식들 이별하는 아픔을 보시고
자식과 이별하는 고통을 감내하시고
그 세월을 다 어찌 살아오셨는지요?
이제는 머리 컸다고 제 인생이라고 주장하는 새끼를 보면서
그 울타리를 종종대면서
빛바랜 낡은 앨범 몇 장을 되돌려
그 자리에 선 제 모습을 보는 것 같아 얼굴 붉어져 부끄러워 마주할
수가 없습니다
　그때는 그 말이 엄마의 마음을 그리 서늘하게 하는 것인 줄도 모르고
수시로 엄마의 가슴에 멍 자리를 내는 것인 줄도 몰랐습니다
이제 헤어질 시간이 자꾸만 가까워 오니 알 것만 같은데도

내게 멍 자리를 내주는 금쪽같은 새끼에게서 시선이 떨어지지 않아
엄마의 모습이 점점 희미해져 가도 발걸음을 재촉하지 못했습니다
기쁘게
대견하게
살갑게 느끼셨던 때만을 간직하고
하늘만큼 땅만큼 기억하시는 엄마!
감사합니다
감사합니다
감사합니다

저녁밥 때가 되면

벌써
수십 해를
작은 고개 열두 고개를
큰 고개 네 고개를
넘고 또 넘어도

해 질 녘이면
집 생각이 난다

쌀 일어
손등으로 밥물 맞춰
저녁밥을 안치는
엄마

물을 꼭 짠 행주로
훔쳐 내고 훔쳐 내고
반들거리던
부뚜막

짭조름한 간장 냄새와
비릿한
고등어 자반

두 팔 벌려 들어 옮기기엔 좀 묵직해도
작은 기합 소리에 힘을 받아
버언쩍 들어 옮기는 둥근 밥상

난
저녁밥 때가 되면
부엌에서
분주하던 우리 엄마 생각이 난다
집 생각이 난다

아흔의 울 엄마

중간고사 기말고사 보던 나의 중학교 시절에
중학교를 다녀 본 적 없는 울 엄마는
어떻게 내 성적표를 살피셨을까 꼼꼼히

모의고사 예비고사 보던 나의 고등학교 시절에
여고 시절이 없었던 울 엄마는
어떻게 내 진학상담을 하셨을까 자세히

서클활동 학점관리 하던 나의 대학 시절에
캠퍼스 잔디밭 추억을 안 가진 울 엄마는
어떻게 내 청춘을 지원해 주셨을까 가만히

그때그때
알아서 하겠거니 하셨던 걸까
하나하나
따져 보고 두드리고 하셨던 걸까

지금도 나는

아혼의 엄마를 위해
쉽게 풀어서
간략하게 요약해서
그렇게 넘치는 친절을 나타내
줄여서 말하지 않는다
왜냐하면
말이 많던 중학생 때나
어설피 건방 떨던 여고생 때나
잘난 체하던 대학생 때에도
내 말본새대로 해 왔으니까

가끔 난
우리 아이들의 말을 몰라
내 말로 바꾸어 말하라고 한다
엄마는
학교를 다녀 본 적이 없으니
너희들이 잘 알아서 해야 한다고 한다

내 나이 아혼을 바라볼 때
우리 아이들은 어떻게 무어라고
"울 엄마는 …" 할까?

울 엄마는

배짱도 좋으셨다
뒷심도 있으셨다
내가
아무것도 모르겠다 하며 맥 놓고 있을 때
"은영아, 엄마는 널 믿는다" 했었다

나도
흉내라도 내 봐야겠다
"현욱아, 정욱아 엄마는 너희를 믿는다"

7

논쟁과 평화 사이에서

굴뚝 청소

그때그때 하지 않으면
모이고 쌓여도 아무렇지도 않을 것 같던
그을음과 먼지가
잘 타오르게 불길을 잡아 주지 못한다
오늘의 그을음을 내일까지 묵혀 두지 말아야 하는데
내일 다 태우지 못하고 토해 내는 불길 탓만 하게 될까 염려된다

프리즘 속에서

어느 이는 나를 사랑하며 살자고 외친다
오랫동안 나를 돌보지 않았거나
돌볼 수 없었단 말인가?
나는 바꿔 주고 싶다
글자 하나면 세상이 달라 보일 수도 있을 것 같다
나를 사랑하게 살자, 라고
더디 가는 것처럼 보일지 몰라도
나를 사랑하며 사는 인생은 고독하다
마치
프리즘 속에 갇혀서
현란하고 다양해 보일 수 있을지 몰라도
갇혀 있는 나는 결국 나 하나뿐이다
나를 사랑하게 사는 인생은 넉넉하다
부족할지라도 또 다른 부족한 이와 함께할 테고
가라앉을 때엔 일으켜 앉혀 줄 이가 있을 테고
마음에 원망과 미움이 가득할 때엔
속 풀릴 때까지 곁을 떠나지 않고
기도하는 이도 있을 테니까

나는

어떤 이의 오랜 외로움이

고독의 길을 선택하지 않기를 바란다

나는

어떤 이를 사랑하고 싶은 준비를 하고 기다린다

관점

위치가 다르면 전망이 다르다

해를 안고 선 사람은 눈이 부셔 명확하게 볼 수 없다
해를 지고 선 사람은 그림자로 분명하게 볼 수 없다

위치가 다르면 시야가 다르다

같은 걸 다르게 보는 게 당연한 건데
못 봤다고 없다고 한다
달리 봤다고 틀렸다고 한다

개인 채널

생각과 기억이 주파수로 읽히면 좋겠다

정성으로 송신하고
꼼꼼하게 수신하면
생각을 알게 되고
기억이 떠올라
아하
그랬구나
그렇구나
할 텐데…
신호에 막혀
더디 도착해서
맘을 그르칠 일도
길이 막혀
아예 발이 묶여
맘을 닫아 버릴 일도
없을 텐데…

이해와 공감이 주파수로 만들어지면 좋겠다

은쟁반에 금사과처럼

말로 베인 상처는 그대로 아무는 법이 없다
가시로 돋아 나중 어느 땐가를 위한 무기로 남는다
휘두르고 쏟아 내어 후련하고 시원할 것도 없는 말로
나는
얼마나 많은 가시를 돋게 하고
내겐
얼마나 많은 가시가 돋아 있을까?
돌아보니 후회되고 반성한다
꼭 말하지 않고도
강한 질타가 되기도 하고
열렬한 응원을 할 수도 있고
뜨거운 사랑이 피어날 수도 있는 것을…
어쭙잖은 말로
가시를 세우니
가시를 품으니
아플밖에
가만가만 쓸어 내면
따끔따끔하긴 해도 견딜 만한 순한 가시로 잘 다듬어야겠다

오죽하면 더 이상은

오죽하면 쓴 물이 넘어올까

더 이상은 그 어떤 달고 맛난 음식이 들어와도
받아들일 수가 없다
소화 기관들의 담합 파업
쓴 물 올리기

살다 보면 똥물을 뒤집어씌울 때도 생긴다

더 이상은 그 어떤 상식적이거나 이치적인 말을 듣게 되어도
공감하고 싶지 않다
감성 인지 기관들의 담합 파업
억지 똥물 퍼붓기

"더 이상은"이라는 줄 긋기 때문에 생기는 일들…
살면서 멀찍이 좀 더 멀찍이 줄을 긋고 나면
쓴 물 벼락 똥물 바가지 쓸 일도 많이 줄어들 텐데…

오늘도 미련한 하루를 마친다

오래된 체기가
그 몸뚱어리를 뒤채면
먹은 것 없이도
마구 올린다

차곡차곡 쌓아 놓거나
혹은
꼭꼭 눌러 아물려 놓았다 해도
작은 틈새에 슬쩍 스치는 낯선 공기에
와르르 무너져 버리기도 하고
으라차차 들쑤셔지기도 한다

또 그렇게
하얀 머리는 늘어 가고
뱃속엔 심술덩이만 부풀어 간다
팔 다리 어깨 허리 약해져 가는 것만큼
마음 가락도 살살 부려야 할 걸…
뭔 배짱일까!

세상아~
붙어 보자
겨루어 보자

오늘도 미련한 하루를 마친다

논쟁과 평화 사이에서

째깍째깍 가는 시간은 지치는 일이 없는데
나는 가끔은 시간에서 내려 멈추었다
다시 그 시간에 실리고 싶을 때가 있다
가긴 가야 하는데…
모두가
세상 삼라만상이 모두가
잠깐 멈추었다 다시
째깍째깍…
숨차 하던 사람들은 숨 좀 돌릴 테고
넘치게 흥분하던 사람들은 거품 좀 걷어 낼 테고
엉킨 실타래를 끌어안은 사람들은 머리 좀 식힐 테고
그리고 대부분의 사람들은 멈추었던 것조차 모르고
가던 길을 조잘대며 이어 갈 테고
잠깐 좀 멈추었다 이어 가고 싶을 때가 있다

논쟁과 평화 사이에서

8

믿음

회복

지금 세상은 미달이들의 땡깡 천지
천 년이나 걸려야 땡깡도 미달도 회복된단다
우리를 짓고 낳으신 분 말씀이

천둥 번개가 축제를 벌이는 이 밤
불완전한 우리를 반듯하게 하실 분이 계시다고 하신
그 말씀이 들리는 것 같아
졸라 대고도 싶고 의젓하게 보이고도 싶고…
그렇다

기도

맘에서 저절로 터져 나오는 기도는
진통을 위한 것이 아니다
고통을 잊게 하는 마취의 역할을 위한 것이 결코 아니다
마음의 위안 따위를 위해서 하지 않는다
기도는 내가 할 수 없는 것을 꼭 해 줄 수 있는
그분에게 원하기 때문이다
절대 비타민

꿈의 동산

요한 계시록 21 : 3, 4

내가 엄연히 존재하는 세상에서
슬픔 고통 애통함 죽음
불완전함에서 오는 불편함
그 외 모든 부르짖음이 더는 존재하지 않는 때
그 시간이 궁금했던 적이 있었다

앉아서
가만히 생각해 보니
그때가 궁금할 일이 뭐 있을까?
엉킨 실타래가 꼭 풀릴 거라면
한 올 한 올 풀어 가는 데 재미를 붙일 일이다

난
오해와 혼잡과 무질서와 체증이 견디기 어렵다
화통하게 후련하게 막힌 데 없이 살게 되면
그곳에 내가 있으면

그곳에 내 가족이 있으면
그곳에 내 친구가 있으면
난
영원한 꿈의 동산에 있는 것이다

이사야 35 : 5, 6

이유식이 필요한 때

어쩌면
나의 신앙은
도정이 되지 않은
거칠고 단단한
현미 같다

기름이 자르르
마알갛고 투명하게
잘 도정된
햅쌀 같은 신앙을 보면
난 왜 그렇지 못할까
한다

오래
불려야 하고
또
쭉정이가 바람에 많이 날려져야 하고
그러고도

은근한 불에
압력으로
잘 조절돼야
찰지고 구수한
참맛이 날 텐데

알곡의
거친 옷을
도대체 몇 겹이나
벗어젖혀야 할런지

또 한 해 가을이 되니
…

설득하신다

하늘은
스스로 돕는 자를
돕는다

Philippians 4 : 6, 7

Do not be anxious over anything, but in everything by prayer and
supplication along with thanksgiving, let your petitions be made
known to God

and the peace of God that surpasses all understanding will guard
your heart and your mental powers by means of Christ Jesus

빌립보 4 : 6, 7

아무것도 염려하지 말고, 모든 일에 감사와 더불어 기도와 간구로
여러분의 청원을 하느님께 알리십시오
그러면 모든 이해를 뛰어넘는 하느님의 평화가
그리스도 예수를 통해 여러분의 마음과 정신력을 지켜 줄 것입니다

그 어떠한 염려나 좌절도

감사한 일들을 잊고
그분이 동반해 주고 계신
나의 두 손과 두 발에
힘을 잃을 근거는 되지 않는다
설혹
지치거나 나태해져서
주저앉는다 해도
바로
돌아서서 눈을 감아 버리시지 않는다
귀를 닫아 두시지 않는다
오히려
설득하시고
설득하시고
후원하신다고
반드시
약속하신다

그분은
단지 우리가
주저앉아 오래도록
염려와 무기력의 늪,
그 함정에 기만당하지 말라 하신다

그분은
스스로 바라보는 우리와
함께 가자 하신다

믿음

1 chronicles 28 : 9

··· If you search for him, he will let himself be found by you, but if you leave him, he will reject you forever

소년 다윗이 마주한 골리앗은 천하무적 마징가 제트 같았을 거다

백전백승 불패의 전사 골리앗과 같은 거대한 산 앞에 우리는 얼마나 많이 서 있었던가

때로는 보기만 해도 주저앉아 무너져 내린 적도 있었고

때로는 섣부른 판단과 무모한 만용을 부리다 고개를 떨구던 적도 있었다

돕겠다고 결코 손을 놓지 않겠다고 약속해 주시고 결의를 보여 주신 그분이 소년 다윗의 손에 쥔 작은 돌멩이 몇 알에도 큰 힘을 실어 주셨다

눈앞에 골리앗을 마주하고

등 뒤에 계신 하나님

돕겠다고 하신 하나님을 힐긋 돌아보는 순간에

우리는 산 같은 천하무적 마징가 제트에게

골리앗에게 삼켜지고 말 것이다

무장된 확신은 힐긋 돌아보는 순간에

기운을 잃게 될지 모른다
혹은
천하무적 마징가 제트 등 뒤에서
골리앗 등 뒤에서
부드럽고도 확고한 미소로
마주하시며
용기를 내라고 메시지를 보내 주시는데도
여전히 "제가요?" "지금요?" "정말요?"
갸웃대다가 주저앉게 될 것이다
무장된 확신은 설마 갸웃대는 순간에
기운을 잃게 될지 모른다

허튼수작 같은

세상일은
바란다고 다 되는 것이 아니다
그러니
이루어질지 말지 모르는
허튼수작 같은
바라는 일도 하지 말아야 하는 건가
그래도
그런 내 마음 가락조차 내 생각대로 되지 않으니
허튼수작이 될지
간절함의 응답이 될지 모르는
바라는 일이 그쳐지지 않는다

Me First!

세상은 점점
Me First…!

만약에
사막을 여행하며
목마른 펌프를 만났다면
그 옆엔
맑고 투명한 깨끗한 유리 물병이 하나 있다면
그 물병과 함께 놓여 있는
간곡한 당부의 글이 적힌 푯말이 있다면
"이 펌프를 길어 올려
뒤에 오게 될 여행자가 시원하게
마시기도 하고 손도 발도 적시게 해 주세요"

벌컥벌컥 마시기에도 감질날 만한
사막 한가운데 놓인 나에게 주어진 물 한 병을
나중 언제가 될지도 모르는
이 길을 뒤따르는 여행객이

곧 이어지게나 될까도 모르는데
펌프를 퍼 올리는 마중물로 다 써 버리라니
…

상상만으로도
사막의 열기와 모래바람과 갈증
그리고 지친 몸의 중량감이 전해졌다
물 한 병을 펌프에 고스란히 붓고
펌프 손잡이를 거머쥔다
내리쏟아지는 태양열에
잔뜩 약이 오른 펌프는 달궈질 대로 달궈져
손바닥은 허물이 벗어지고
물집이 봉긋봉긋 잡힐 만큼 따가울 테지
과연 지친 내 팔의 힘으로
얼마큼이나 들어 올리기를 해야
포말을 일으키며
물을 토해 내줄까
잠깐 사이에 아차 후회하고 또 후회할지 모른다
생각 없이 겁도 없이 공연한 짓을 했구나
미련한 짓을 했구나
한 방울까지
고스란히 부어 넣은 한 병의 물이
내가 여태껏 본 가장 거대한
나이아가라 폭포 물줄기나 되는 듯

어마어마한 낭비를 했다고 눈물이 쏙 빠지게
실의를 하게 될지도 모른다
아직
아직
펌프 막대를 잡고 펌프질을 시작하기도 전인데
이미 상상 속에서 절망에 투항하고 있을지 모른다

자기희생을 통해 이기를 버리고
넘치게 부어 주시지 않나
보아서 알게 되리라 하셨다

물병을 손에 들고서
벌컥벌컥 나 자신 들이키지도 못하고
내 손을 잡고 사막이 어떤 곳인지도 모른 채
여행길에 함께 나선 동반자 일행들에게도
인심 좋게 한 모금씩 나눠 마시자고도 못 하고
어정쩡한 사이에
뜨거운 태양열은 바짝 말라
물병의 무게를 줄이고 있다
물병의 물은 줄어들고 있다
물병의 물은 마르고 있다
물병을 손에 들고 있으나
펌프에 쏟아붓나

타는 목마름은 같은데…
타는 목마름은 같은데…
"희망"과 "약속"에 대한 "믿음"이
불꽃을 틔워 줘야 될 텐데 말이다

간곡한 푯말에 대한 확고한 믿음이
자신이 희생하마~ 하는 공명심 없이
망설임 없이 물 한 병을 다 쏟아부을 테고
살고자 하는 절실함과 간곡함으로
펌프를 길어 올리다 보면
어느새 동그랗게 뜨고 있는 내 눈앞에서
"희망"이 그 뽀오얀 안개를 걷고 내게 올 테고
뒤따라
"약속"이 흐뭇하게 미소 지으며
두 팔을 열고 축하하자고 할 것이다
"은혜"와 "축복"으로 보답해 주실 것이다
반 드 시
그리하시겠다고 하셨으니까

뷔페식당 1

골라 먹는 재미가 있다
내 입맛대로 주문해서
맞춤 취향으로
시켜 먹는 재미가 있다
배가 고프지 않았어도
허기진 사람처럼 끌어모으고
잘 발라 먹어도 될 걸
쩝쩝 두어 번 하고 뱉어 내고
또 그저 크게 다르지 않을 새 접시에
기웃대고 쩝쩝거리고…

맛을 즐기고
배를 채우고
수고한 손에 감사하고
모든 것을 마련하신 그분께
찬양과 영광을 드리는 마음은
그곳에선 어울리지 않는다

대체로
뷔페식당엔 게걸스러운 모습이 흔하다
시장 바닥처럼

세상은
풍부한 음식상이 차려져
진한 냄새를 풍기고
그저 맛만 한번 보겠다고
한 점씩 집어 들었지만
야트막한 산처럼 쌓아 올려져 있는
뷔페식당의 내 접시 같다
그 맛이 궁금해서 집어 들었지만
네 맛도 내 맛도 아닌
기름지고 번들번들한 음식들은
능글맞게 나를 쳐다보고 있는 것 같다

먹어 보지 않고도 희롱당하는 느낌

뷔페식당 2

건강한 음식들로만 차려 놓았다
쫓기지 말고 맛을 찬 찬 히 음미하라
식사 시간이 길어질수록 표정이 밝아진다
늘 곁에서 들어 왔던 메뉴들이라서
그 맛도 나름 짐작할 수 있는 음식들로
식탁은 정갈하고 정성스럽다
맥도날드나 버거킹처럼
후다닥 종이에 둘둘 싸서 먹는 음식은 결코 아니다
그렇다고
더디다고 허기를 못 견딜 만큼
배를 주리게 하지도 않는다

조리법에도
주방장의 노하우가 다 소개된다
맛의 비밀까지도 모두 알려 준다
손발의 먼지만 급하게 툭툭 털고
아직은 익숙하지 않은 식당에 들어와
허둥허둥대도 희한한 족속이라 눈총 주지 않는다

다들 아직 다 털어 내지 못한 먼지가

각자의 어깨에 얹혀 있어도

서로의 티끌에 집중하지 않는다

눈과 침샘을 아무리 자극해도

그 어마어마한 둥근 뷔페 식탁이

제자리에 붙박이처럼 돌아가지 않는 거라면

마음이 얼마나 상할까

다행이다

내가 눈길을 주고 구미 당겨 하면

어느새 식탁은 빙빙 돌아 내 앞에 선다

사랑, 기쁨, 평화

오래 참음, 친절, 선함

믿음, 온화, 자제

메뉴는 이렇다

Don't look back!

소금 기둥이 되어 버린 그녀

롯의 아내

뒤돌아 그녀가 꼭 보고 싶었던 것 무엇이었을까?

그 위급한 상황에서도 꼭 한 번만 더 눈에 담아 두고

싶었던 그것은 무엇이었을까?

안락한 도시에서의 추억이었을까?

늘 조마조마했던 타락한 도시의 결말을

눈에 담고 싶었을까?

살림을 일구기 위해 알뜰히 살았을 텐데…

남편의 뜻에 순종하며 두 딸을 살뜰히 가르쳤을 텐데…

엄마를 잃은 두 딸들은 어쩌라구…?

아내를 잃은 롯의 마음은 어쩌라구…?

그녀는 딸들보다도 남편보다도

뒤엣것을 더 담아 두고 싶었던 걸까?

내 뒤에는 무얼 놔두었을까?

참말 다행이다

미안했던 일
불안했던 일
마음의 빚진 일
최선이라 생각했지만 결국 차선을 선택한 일
다시 할 수 있으면 잘할 수 있을 것 같은 일
오해를 산 일
오해로 외면했던 일
세일한다고 골라 샀지만 바가지 쓴 일
기뻐 펄쩍 뛰느라 옆엣사람 흙먼지 뒤집어씌운 일
하필 화장한 날 웃다 울다 새도 번져 너구리 된 일
…
롯의 아내처럼 많이 아까울 것들을 쌓아 두지 않아서
참말 다행이다
오히려
자꾸 네 뒤를 돌아보랄까 봐 걱정일 뿐

쯧쯧
롯의 아내도 나처럼 좀 허당으로 실수투성이로
살았더라면 안 그랬을지도 모르는데…

그래
좀 잘하려고 하고 있는 중이라면
더 잘할 수 있는 앞날만 바라보자

Where to go?

믿음은
두 개의 거울을 들고 가야 하는 것 같다
지난날의 후회나 반성을 비추는 뒷거울과
저만치 희망과 기대를 비추는 앞 거울
두 개의 거울이 서로 연계되어 있을 수는 없다 해도
양손에 거울을 비추는 내가 가고 있으니까

때론
팔이 아파 지쳐서
뒷거울을 놓쳐 버리면
앞 거울만으로 내달리다
함께 가는 사람들의 빈축을 사거나
제 발에 걸려 콧등 깨는 일도 생길라
뒷모습에 위축되고 소심해져
앞 거울을 쥔 손에 힘이 빠져 버리면
행여 목 빠지게 기다리게 하거나
지레 고개 떨구고 내일의 소리를 놓칠라

두 거울이
서로 맞닿아 있지는 않다 해도
손에서 내려놓지만 않는다면
분명 힘 보태 주실 것이라
믿는 것이다

후회나 반성으로 겸손과 겸허를 익히고
희망과 기대로 감사와 찬양을 배워 나갈 일이다

으쌰으쌰
힘 보태 주세요

9

내 동생 지영아

병동에서 1

무균실 병동
아시나요?
뭐든지 다 나누어 주고 싶은 그들
그러나
절대
아무것도 나누어 주면 안 되는 그들
맘만인 그들
그래서
많이 답답했을 그들
그들은
간절했지만 할 수 없었습니다
보았으면 알 텐데
안타깝습니다
그들의 눈빛을

병동에서 2

내 동생은
수국이 번져 간다는 표현을 썼다
그 어린 나이에
번져 가는 수국이 눈에 들앉았나 보다
참 보고 싶다
아직도
꺽꺽대며 웃던 표정이 지워지지 않는데
제멋대로
번지다 흐려져 간다

내 동생이 부르던 한계령이 듣고 싶다
지친 어깨를 떠밀며
이제 그만
내려가라 한단다

보고 싶구나

굳이
이미 내 곁을 떠난 이가
내 곁에 왔던
그날을 기억하고 기념할 까닭이 뭐 있을까마는
떠난 일 없이 줄곧 그곳에 있었더라면
떠오르지 않을 기억들이
내 의지와는 상관없이 떠오른다
떠난 이도 의지와는 상관없이
떠나는 것인 줄도 모르고
사라져 버린 것이다
그 자리서 고스란히
있던 게 없어져 버린 것이다

10월 12일
더 이상 happy할 수 없는데도
그날이 되면
떠오른다
심한 두통과 함께

추억과 의리 때문인가

보고 싶구나!

10

시인 강지영

— 강지영 작(作)

어느 날 사람들의 입맛이 시로 변한다면

어느 날 사람들의 입맛이 시로 변한다면
밥이나 떡도 아니고
단 몇 줄의 시가 사람의 위장을
채울 수 있다면 그것만으로도 일단
우리들 쥐구멍은 볕 본다 좋을 것 같다
돈 되지 않는 직업이라고 나무랄 리 없고
여자 집에 인사 갔을 때는 칙사 대접을
받을 것이며 여기저기서 뇌물이란 것도
들어오겠지 물신을 환대하듯
시인의 얼굴을 액자에 모시고
비로소 시는 사람들 눈에 어떤 가치
부의 상징으로 왜곡될 것이다
우리는 거대한 빌딩가의 큰손이 되어
수천 명의 타이피스트를 고용하고
먹어야 사는 사람들을 위하여
질은 떨어지되 값싸게 공급할 수 있는
객쩍은 소리들을 많이도 주절거릴 것이다
바쁜 샐러리맨의 아침엔 새로 나온 삼행시

이젠 아침 준비가 간편해졌어요
광고는 이런 식일 게다
사람들은 모두 시인의 입술만 쳐다보며
그해 풍작을 기원하고
자룡이 헌 칼 쓰듯 뜨끈뜨끈한 거짓말을
단 한 번의 퇴고도 거치지 않고
남발하겠지 때론 트림도 재채기도 섞인
불량 시 때문에 소비자단체에 불려 나가기도 하면서
그 시대의 고민이라면 연애일까
우리 달콤한 사랑의 고백 앞에서 그녀는
군침을 삼키거나 날름날름 집어 먹기 바쁠 테니까
부탁이다, 먹지 말고 들어 줘
이렇게 구애하는 시인들에게
시가 시대를 초월한다는 건
뭘까? 공상 과학일까?

짝사랑

당신의 정물화 옆에 슬며시
내 그림자를 건다
소국과 모과 향기로운
당신 없는 자리에 그 옆에
조용히 내가 번지다 간다

127병동 1

옆방의 그가 죽었다
깔끔했다
부양가족이 없었고
사인은 분명했다
식은 몸속으로는 여전히
약물이 투여되고 있었다
혼이 빠져나간 자리를 대신
채워 주는 햇빛, 이제
우리는 차례차례
그에게 초대받을 것이다
살아서 한번 보지 못했던 얼굴들이
비로소 만나 정겹게 웃으며
자랑할 것이다 경험된 죽음을
미체험의 삶과 맞바꾸며
울지 않을 것이다
아직 숨 쉬는 우리는 잠시
그를 애도한다
우주인처럼 주사병에 매달려

그도 그럴 것이다
그도 우리를 안쓰럽게 여기며
돈 벌지 않아도 되고 더 이상
비상소집이 없는 세상을 가끔
산책 삼아 들러 보겠지
정리된 자의 휴식
그 휴식에 발악하며 우리는 또
아플 것이다
고통에 중독되면서
차차 식어지면서
알머리인 채로
나는 남자다
나는 여자다
각기 소리치면서

옆방 그가 죽었다

127병동 3

김치찌개나 생선 매운탕을 끓여 먹다가
나이 어린 간호사에게 핀잔을 듣고 있다면
이번에도 그다
복도 이 끝에서 저 끝까지 주사병을 덜컹거리며
왕복 달리기를 하고 산 타던 솜씨가 있어
신음의 절정에선 아찔하게 뛰어내리는 사람
역시 그다
때마다 밥 오기를 기다려
즐거운 식사 시간이 돌아왔습니다!
흉흉한 꿈과 꿈의 소문들을 격파시켜 버리는
우리들의 오직 하나뿐인 그대
무균실의 삼엄한 경비에도 아랑곳없이
그를 찾는 손님들이란 모두
심산유곡의 새소리나 펄펄 뛰는 잉어 떼들이다
그가 색색의 등산모만 고집하는 이유
이를테면 에티켓이다 항간에는
마누라와 아이들이 다녀간 날
벽을 보고 눕는다는 소문도 있는데

말이 안 돼 보건체조라면 모를까
촌스럽게 눈물이라니
누가 뭐래도 그는 스타
자랑스런 우리들의 오빠이기 때문이다

사막

언덕 두 개가 보였다
늙은 어미의 젖뭉치처럼
힘이 없어 보였다
곧 바람이 불면
서로 모습을 달리하거나
같아질 수 있겠다
아예 그 언덕이 바닥이 될 수도 있겠다
낙타는 만나기 힘들다
쓸 만한 낙타들은 이미
사막을 건넜거나 건너기 위해
쉬고 있기 때문이다
다만 걸어온 곳과 걸어갈 방향 또한
무한대인 이곳에서
나는 숭늉 한 사발 들이켜고 싶다
성급하다고 내지를 만한 우물도
보이지 않고 내둥 무표정의 무표정인
여기 사막에서
나는 무섭기도 전에 잠이 온다

오아시스는 없다
어디나 길이 되고
어디나 길이 아닌
사막에서

저 민들레

힘은 질기고 퍼렇다 저 민들레
시멘트 벽 사이에다 오줌을 갈기고
새끼들을 눈부시게 부려 놓는다
다가가 그들이 일용하는 햇살, 그 바람
맛 좀 볼까 무엇이 다른가 ─ 아!
숨통이 확 트이게 사방으로 흩어져
번쩍! 번쩍! 한다

요즘 사람들 말이야 지독한
그것도 소심증 말기라지, 아마
새까맣게 오그라든 심장이 찬밥처럼 굳어
심하면 눈 한번 못 떠 보고 평생을 산다는 거야
무섭다는 거지 보이는 게 전부 다 마땅치 않다는 거야
어쩐지 입김이 불쾌하더라
그 병 혹시 돌림은 아니겠지?

한 발짝 물러서서 봐야겠다
들키지 않게 숨죽인 채로

사람이 있건 말건 저렇게 시끄러운 놈들이니
아무 데나 발 뻗고 어디로든 달아나리라
집도 절도 없이 달랑 몸뚱이 하나만
그게 특기지 봄날 다 보내 놓고
의기양양 하품하는 민들레, 그 옆에
뚝 떨어져 사람들 까만 심장을 오글오글
기게 하는 것, 저 민들레 배짱이다